ジュリアが糸をつむいだ日

リンダ・スー・パーク 作
ないとうふみこ 訳　いちかわなつこ 絵

ふたりのジュリーと、ふたりのジュリアへ

【Project Mulberry】by Linda Sue Park
Originally published by Clarion Books, an imprint of Houghton Mifflin Company.

Japanese translation rights arranged with Curtis Brown Ltd.
through Japan Uni Agency Inc.

もくじ

ジュリアが糸をつむいだ日

1　わたしとパトリック

パトリックとわたしがなかよくなったのは、キムチのおかげだった。

白菜に塩とトウガラシをすりこんで、ネギとニンニクをたっぷり加え、大きなかめにつけこんで作る、朝鮮《ちょうせん》の保存食。キムチはとってもからい。でも、韓国《かんこく》の人たちは、朝も昼も晩《ばん》も、キムチを食べる。

わたしはキムチがきらいだ。小さいときは食べられたのに、って母さんはいう。母さんが水ですすいで、からくないようにして、ひと口かふた口食べさせてくれていたらしい。

わたしが六歳《さい》か七歳《さい》になったころ、母さんはキムチをすすいでくれなくなった。韓国《かんこく》のお母さんたちは、たいていそうやって、からいキムチになれさせるので、子どもたちは、キムチを食べられるようになる。

でも、わたしはだめだった。小さいころも今も、からいものが大きらい。さっぱりするから食べなさいって、母さんはいうけど、口のなかが、かっかともえるみたいなのに、さっぱりするって、どういうこと？

キムチが食べられないせいで、まえは、よく家族にからかわれた。父さんなんか、「おまえ、韓国《かんこく》の血がぬけちゃったのかもしれないぞ。DNA《ディーエヌエー》を調べてもらったほうがいいんじゃないか」なんていったほどだ。

弟の七歳《さい》のケニーは、キムチの大きな切れっぱしをわたしの目のまえでゆらゆらさせて、「食べろー」とおどかす。ふん、ケニーのばか。

キムチは、からいってだけじゃなくて、あのきついにおいもいやだ。ふたつきの入れものにしまって冷蔵庫《れいぞうこ》に入れてあるのに、ふたも冷蔵庫《れいぞうこ》のドアもつきぬけて、におってくる。においの粒《つぶ》は、家じゅうどこへでも飛んでくる。

三年まえ、わたしが四年生のころ、わたしたちはシカゴに住んでいた。そこで、セイラという女の子となかよくなった。

ところが、はじめてうちに遊びにきたとき、セイラは玄関《げんかん》でぴたっと立ちどまって、「うわっ。なに、このにおい？」といった。

わたしは、においなんて気にしたこともなかった。においってふしぎなもので、いつもかいでいると、ぜんぜん気がつかない。でも、そのときは、セイラがうちのにおいで、すごくいやそうな顔をしたので、とてもはずかしかった。

で、その二、三週間後にも同じことがおこった。こんどはマイケルっていう男の子と、その妹のリリー。ふたりとも同時にうちの玄関《げんかん》でぴたっと立ちどまって、鼻をつまむと、くさくてたまらないから、外で遊ぼうっていったのだ。

わたしは母さんに、もうキムチを作らないで、とたのんだけど、むりなことをいわないの、とおこられてしまった。

わたしたちは二年まえに、シカゴから、同じイリノイ州のプレーンフィールドという町にひっこしてきた。はじめ、家のなかはキムチのにおいがしなかったけど、それもたった半日だけ。母さんが食料品の箱をあけて、キムチの大きな入れものをとりだしたからだ。あーあ。

パトリックと出会ったのは、ひっこしてきたつぎの日で、土曜日の朝だった。ほんとうは、まえの日にもちらっと見かけた。うちから三軒《げん》めの家の玄関先《げんかんさき》で、階段《かいだん》にこしかけて、うちのひっこしトラックを見ていたから。三人の弟たちもいっしょだった。

ぱっと見て、パトリックのことが気になったけど、べつに見た目のせいじゃない。パトリックは、髪《かみ》は茶色で、髪型《かみがた》はふつう、顔にはそばかすがちょっぴり。前歯のあいだにすきまがあるから、そのうち歯の矯正《きょうせい》をするんだろう。

パトリックに目がいったのは、年がわたしといちばん近そうだったからだ。ほかの三人はうんと小さくて、ケニーよりも年下のようだった。

つぎの日、わたしは荷物をほどくのをちょっと休んで、近所のようすを見てまわることにした。そうしたらパトリックの家の階段《かいだん》のところに、また、四人がいた。まるで、きのうからずっと階《かい》段《だん》にいるみたい。こんどは女の子もひとりいたけど、その子はずっと年上だ。

パトリックは階段《かいだん》をおりてきて、「やあ、ぼくパトリックっていうんだ」といった。わたしも「ジュリアよ。ジュリア・ソン」って、自己紹介《じこしょうかい》した。

「きみんちのなか、見にいってもいい？」パトリックがきいた。

「うん、いいよ」

ふたりで歩道を歩きだしたら、三人の弟たちが走ってきて、わたしたちにまつわりついた。

「ぼくたちも行っていい？」

「お兄ちゃん、つれてってよう」

「ねえ、お兄ちゃん、この子、なんて名前？」

パトリックはたまらずに立ちどまり、女の子にむかって「ねえ、クレア姉ちゃん！」とさけんだ。

すると、階段《かいだん》にこしかけて、つめをいじっていた女の子が、顔をあげて、「なに？」ときいた。

「ちょっと、こいつら見てて。全員つれて、どやどや入っていくわけにはいかないよ」

「でも、あたしもすぐ出かけるよ。ミシェルがむかえにきたら、いっしょにモールに行くことになってんの」

「ってことは、姉ちゃんが出かけたら、ぼくが見なきゃならないんだよね。だったら、今だけいいだろ！」

するとクレアは立ちあがってどなった。

「郵便日記《ゆうびんにっき》！」

というか、そのときは、そうきこえた。「ゆうびんにっき」って。でも、あとから、じつはそれが弟たちの名前だってことがわかった。

三人の名前は、ヒュー、ベン、ニッキー。ヒューがいちばん上で、ふたごのベンとニッキーはヒューのひとつ下だ。たいてい三人ひとまとめにして「ヒュー・ベン・ニッキー」と呼《よ》ばれている。

「ねえってばー」

「お兄ちゃーん」

「お願いだよー」

まつわりつく三人を、クレアがうまくなだめた。

「ねえ、ヒュー、おうちに帰って、クッキーがあるか、さがしてみようか」

ヒューは、パトリックのうでをぱっとはなすと、くるっとふりかえって家にむかった。ベンとニッキーが、とことこあとを追う。パトリックはわたしにむかって、にやっと笑った。

「ヒューをその気にさせれば、下のふたりもくっついていくんだ」

うちに着いて玄関《げんかん》に一歩入ったとたん、パトリックは首をかしげて鼻をひくひくさせた。

ほらきた、とわたしは思った。するとパトリックがいった。

「うわあ、これ、なんだ？　すっごくいいにおい！」

こうしてパトリックは、キムチが大好物になった。

今じゃ、パトリックがうちにご飯を食べにくると、母さんは、みんなで食べるキムチの器のほかに、パトリックだけのためにキムチを入れた器を、食卓《しょくたく》に出す。パトリックは、大きな口をあけてもりもりとキムチを食べる。ご飯なしでキムチだけ食べちゃうこともある。まったく見ていられない。

もしかして、パトリックのほうこそ、DNA《ディーエヌエー》を調べてもらったほうがいいんじゃないのかな。

パトリックとわたしは、部屋で床《ゆか》にすわっていた。わたしは、クッションのやぶれ目をつくろっていた。ふだんは、ほかのクッションといっしょにベッドに置いてあるんだけど、このあいだ、パトリックと投げっこをしたとき、やぶれて、中身がはみだしてしまったんだ。パトリックは、声に出してパンフレットを読んでいる。

「ヤギ」

「むり」わたしはいった。

「豚《ぶた》」

「むりむり」

「綿羊《めんよう》」

「ん、なに？　連用《れんよう》？」

パトリックが、ふふっと笑った。

「『連用《れんよう》』じゃなくて、『綿羊《めんよう》』。羊のこと。楽農《らくのう》クラブの自由研究の話をしてるんだからね。連《れん》用《よう》って、なんだよ。生き物じゃないし」

パトリックとわたしは、一週間まえに〈楽農《らくのう》クラブ〉に入会したところだった。正式な名前は〈楽しい農業クラブ・プレーンフィールド支部《しぶ》〉っていうんだけど、みんなは略《りゃく》して「楽農《らくのう》クラブ」って呼《よ》んでる。

楽農《らくのう》クラブというのは、子どもたちに、農業について教えてくれるサークルだ。少なくともずっとむかし、クラブがはじまったころはそうだった。

もともと、農場の子どもたちのためにできたサークルだった。広い農地に住んでいる子たちはおたがい家が遠くはなれていたので、楽農《らくのう》クラブは、子どもどうしが顔をあわせる絶好《ぜっこう》の機会だった。

でも、さいきんは、農家自体がずいぶんへった。農場はたいてい、大会社に買いとられてしまったからだ。そこで、楽農《らくのう》クラブは、町なかや郊外《こうがい》でも活動をはじめ、今はここプレーンフィールドの町にも支部《しぶ》が置かれるようになった。

……って、マクスウェル先生がいってた。

マクスウェル先生というのは、楽農《らくのう》クラブの先生で、プレーンフィールドの近くに、小さな農場を持っている。このへんではもう、小さな農場がいくつか残っているだけだ。

毎年一月になると、クラブの子たちは、自由研究をしたい分野をえらんで、それぞれなにかひとつテーマを決める。そして、何か月も研究してそれをまとめ、とくに優秀《ゆうしゅう》な研究をした人がえらばれて、八月におこなわれるイリノイ州の品評会《ひんぴょうかい》で発表するのだ。

今はもう三月なので、ほかのみんなは、二か月もまえからとりくんでいることになる。パトリックとわたしは一週間まえに入会したばかりだから、なにをするか、いそいで決めなくちゃならない。

きょう、はじめてクラブの集まりに参加した。そこでパトリックとわたしは、自由研究は「畜産《ちくさん》」部門にしようって決めたんだ。

相談しているとき、パトリックが手をあげてマクスウェル先生にきいた。

「どうして畜産《ちくさん》は『アニマル・ハズバンドリー』って呼《よ》ばれるんですか？『ハズバンド』は『夫』っていう意味ですよね。もしかして農家では、オスの動物しか飼《か》っちゃいけないとか？」

マクスウェル先生は、あははと笑って答えた。

「いや、そんなことはないよ、パトリック。オスもメスも、どちらも飼《か》う。畜産《ちくさん》が『アニマル・ハズバンドリー』と呼《よ》ばれるのは、動物を育てて、世話をするからで――」

先生がいいおわらないうちに、パトリックがまた質問《しつもん》した。

「だったら『アニマル・ワイフリー』でもいいんじゃないですか。ワイフは『妻《つま》』でしょう。奥《おく》さんのほうが、だんなさんより、たとえば赤ちゃんの世話をしたりする時間が長いと思うんですけど」

パトリックは、べつに悪気があるわけじゃない。でも、ときどきすごく夢中《むちゅう》になっちゃうことがあって、そうすると、頭のなかからぽんぽん考えが飛びだしてきて、自分でも、とめられなくなってしまう。

パトリックにきかれて、マクスウェル先生はちょっと考えた。

「うーん。これはおそらく『ハズバンド』という言葉の、もうひとつの意味から来ているんじゃないかな。もうあまり使われなくなっているが、『ハズバンド』には、大切に守るとか、温存《おんぞん》するという意味あいもあるんだよ」

パトリックは、先生の説明をきいて、じっくり考えてからいった。

「わかりました。でもそれだったらお父さんもお母さんもぜんぶ入れた『親《ペアレント》』を使って、『アニマル・ペアレントリー』って呼《よ》んだほうが、正しいんじゃないでしょうか？」

マクスウェル先生はまた笑った。

「ははは。ああ、たしかにそのほうがふさわしいね。呼《よ》びかたを変えようってみんなに呼《よ》びかけて、運動をおこしてみたらいいんじゃないかな」そういいながら、畜産《ちくさん》分野の自由研究のパンフレットを、パトリックにわたした。

パトリックは、すぐその場でパンフレットを読みはじめた。

パトリックは読むことが大好きで、年がら年じゅう図書館に行く。そして、読んでいて、なにかおもしろいことを見つけると、すぐにわたしにいいたくて、がまんできなくなる。

一度なんか、夜おそくまでカラスの本を読んでいたみたいなんだけど、カラスがものすごくかしこいということを知って、すっかり感心してしまい、夜おそいってこともわすれて、うちに電話してきた。

で、電話に出た父さんに「今、何時だと思ってるんだ！」って、どなられちゃったから、それ以来パトリックは、本を読んでいておもしろいことがあると、電話じゃなくメールを送ってくるようになった。

あとから教えてくれたんだけど、カラスは、鳴き声で車のエンジンや犬のほえる声をまねできるらしい。

楽農《らくのう》クラブの集まりがひらかれるのは、うちから歩いて数分のところにある、コミュニティセンターだ。

きょう、集まりが終わると、ふたりでうちまで歩いてもどった。そして、二階にあるわたしの部屋へあがり、パトリックは床《ゆか》にすわりこんで、パンフレットを読みあげていたというわけ。

パンフレットに出ている生き物の一覧表《いちらんひょう》を見ると、わたしもパトリックも、がっかりした。ほとんどが、家では飼《か》えないような農場用の家畜《かちく》で、あとは、犬とかネコとかハムスターみたいな、ふつうのペットばかり。うちとパトリックの家がある住宅地《じゅうたくち》は、おりに入れられないペットは禁止《きんし》だから、犬やネコはむりだ。

「ハムスターの研究くらいなら、できないこともないとは思うけどね……」

パトリックは、自信なさそうにいった。

「えー、つまんないよ」

わたしはそういって、新しく切った糸をつまみあげた。

クッションのやぶれ目をぬいあげるには、もう少し糸が必要だ。糸のはしをなめ、もう片方《かたほう》の手で針《はり》を持ちあげて、しんこきゅうする。糸をとおすのはかならず一発で成功させたい――それがわたしのこだわりだ。

わたしは針《はり》の穴《あな》にすっと糸をとおした。

よし。

パトリックがまたいった。「じゃあ、は虫類は？　は虫類ならおもしろいよ。たとえば……ヘビとか。いや、ヘビよりトカゲがいいな。うん、トカゲならかっこいいし」

わたしは糸を二重にすると、おしりを玉結びにした。そしてやぶれ目の残りをぬいながら、首をかしげた。

「は虫類かあ……。どうかなあ。うちの母さんはヘビが大の苦手だからね。トカゲもあんまり好きじゃないかも。だからって、パトリックのうちでヘビを飼《か》うのもむりだよね」わたしは苦笑いして、首を横にふった。

「うぐっ。そうなんだよなあ」パトリックは顔をしかめた。いたいところをつかれると、いつも「うぐっ」っていう。

パトリックのうちは、両親ともはたらいているから、昼間は、おばあちゃんがパトリックたちのめんどうを見てくれている。

パトリックは、六人きょうだいの上から三番め。クレアとケイティーというふたりのお姉ちゃんがいて、下には「ヒュー・ベン・ニッキー」がいる。おばあちゃんも、できるだけのことはしてくれるけど、なにひとつ、ほんとうになにひとつとして、ヒュー・ベン・ニッキーの攻撃《こうげき》からはのがれられない。

パトリックは、三人の弟たちと同じ部屋を使っているので、もうずっとまえから、だいじな持ち物はみんな、わたしのうちに置くようになった。パトリックがきっちり整理せいとんしてるから、母さんもダメっていわない。通学用のリュックも、たいてい置きっぱなしで、朝、学校へ行くとき、うちに寄《よ》って持っていく。どっちみち宿題はうちでいっしょにすませるから、そのほうがいいんだ。

パトリックがいった。

「じゃあ、畜産《ちくさん》じゃなくて園芸に変える？　ほら、マクスウェル先生がいってたよね。三種類のイチゴを育ててジャムを作って、どのイチゴのジャムがいちばんおいしいか、レポートを書いた女の子がいるって」

「えー、つまんない」わたしは、またいった。

「そういうけどさ、その子、州の品評会《ひんぴょうかい》で賞をとったんだからね、ジューールズ」

パトリックはたいてい、わたしのことを「ジューールズ」と呼《よ》ぶ。男の子の名前みたいで、なんだかかっこいい。ほかのみんなは「ジュリア」とふつうに呼《よ》ぶ。だいぶまえにパトリックのことを「パット」って呼《よ》ぼうかなと考えてみたこともあるけど、なんだかちがう気がしてやめた。

「うん、たしかに賞はとったけど、園芸部門じゃなく、ジャムがおいしかったから、賞をもらったんでしょ。料理とか裁縫《さいほう》の部門で」

「うん、家庭科部門だね。でもやっぱり、すごくいい研究だと思うよ。マクスウェル先生もいってたじゃないか。園芸と家庭科のふたつの部門にまたがる、すばらしい内容《ないよう》だったって。ぼくらもなにか生き物を育てながら、ほかの部門にもかかわるようなのができないかなあ」

パトリックはそういって、ベッドわきのテーブルにのっている目ざまし時計を見た。五時ちょっとまえだ。

「あっ、もう帰らなくちゃ」

パトリックの家は、お姉ちゃんがふたりとも高校生でほとんど家にいないので、たいていパトリックがおばあちゃんを手伝って、「ヒュー・ベン・ニッキー」に早めの夕飯を食べさせる。パトリックは立ちあがって、目ざまし時計のわきにパンフレットを置いてから、いった。

「これ、ここに置いておくから、ねるまえに読んで。ぼくはもう読んだから、ちょっと考えてみるよ。朝起きたら、ぼくかジュールズのどっちかが、いいことを思いつくかもしれない」

なにかで読んだらしいんだけど、ねむる直前に読んだり考えたりしたことは、記憶《きおく》に残りやすいんだって。パトリックのお気に入りの説だ。だからわたしたちは、テストがあるときはいつも、電話やメールで、ねるまえに問題を出しあう。

パトリックと部屋を出るまえに、ちらっとパンフレットに目をやった。読む気になるまでに、だいぶ時間がかかりそう。わたしはパトリックとちがって、文章を読むのが好きじゃない。

それに、パトリックがわたしの分も読んでくれるから、いいんだ。

2 楽農《らくのう》クラブの自由研究

「あ、そうだ」

わたしは部屋の戸口で立ちどまって、パトリックに声をかけた。

パトリックが、階段《かいだん》の上でふりむいた。

「なに？」

「ポケットの中身、ぜんぶ出してみて。それとも、もう調べた？」わたしは、手を出しながらいった。

「あ、いや、まだだ。待って」

パトリックは、ジーンズのポケットに手をつっこんで、中身をとりだした。二十五セントコインが一枚《まい》、一セントコインが二枚《まい》、クリップひとつ、糸くずの玉、それから糸くずまみれののどあめがひとつ。

「げっ、気持ち悪い。それって、このあいだも入ってたやつ？」わたしは、のどあめを指さした。

パトリックは、にやっと笑った。

「そうかも」

わたしは二十五セントコインを手にとると、パトリックといっしょに、よく見てみた。

パトリックもわたしも、「五十州記念コイン」を集めて、くわしく研究している。二十五セントコインのデザインが、州ごとにちがうのだ。各州のコインをひとつずつしまえるポケットのついた、特製《とくせい》のファイルも、それぞれ買った。

パトリックは、まだ持っていないのはどの州のコインなのか、いつでもわかっているし、コインの裏《うら》にきざまれた小さな絵――たとえばケンタッキー州なら馬、コネチカット州なら木――についてのエピソードも調べている。そして、小さなノートに、コインを見つけた日にちと場所も書きとめている。

いっぽう、わたしの役目は、コインを見つけること。

わたしたちは、なにをするときも、たいてい役割《やくわり》を分担《ぶんたん》する。パトリックは、資料《しりょう》を読んだり、調べ物をしたりする係。わたしは、手作業の係。切ったり、はったり、作ったり、色をぬったり、ぬいあわせたりするのは、わたしの担当《たんとう》だ。

もちろん、そんなにきっちりとわけているわけじゃない。わたしもたまには資料《しりょう》を読むし、パトリックが工作を手伝ってくれることもある。でも、おおまかな分担《ぶんたん》は決まっていて、ふたりともそのほうがやりやすいのだ。

コイン集めでも同じだ。わたしがいちばん好きなのは、コインをさがすこと。二十五セントのコインが手に入るとすぐに、どの州のデザインかをたしかめる。

でも、パトリックは、そういうことが、あんまりとくいじゃない。二十五セントコインが手に入っても、たいてい絵をたしかめるのをわすれるから、わたしが「そのコイン見せて」と催促《さいそく》しなきゃならない。

それに、パトリックが自分で気がついて調べたときには、たいていさがしているコインじゃない。だからパトリックは、しょっちゅうコインを見のがして、自分に腹《はら》を立てたり、ほしいコインじゃないからと、くやしがったりしている。

でも、コインの裏《うら》の絵についてのエピソードを調べるのは、とくいなんだ。

わたしが好きなのは、オークの木がえがかれたコネチカット州のデザインだ。パトリックも好きだといっていた。

わたしがこれを気に入っているのは、木のすがたがとても美しいから。たくさんかさなりあった細い枝《えだ》を小さなコインにきざみこむのは、すごくたいへんなんじゃないかと思う。それに、いつもこのコインのことを考えているせいで好きになったというのもあるかもしれない。

わたしたちはぜんぶのコインを二枚《まい》、つまりひとり一枚《まい》ずつ集めることにしているんだけど、コネチカット州の二枚《まい》めが、なかなか手に入らない。ほかの州は二枚《まい》そろっているものが多いのに、コネチカット州のコインは、まだ一枚《まい》しかない。

パトリックがコネチカット州のコインを好きなのは、この木のエピソードのせい。スパイ小説みたいなお話だ。

ずっとむかし、アメリカがまだイギリスの植民地だったころ、コネチカットに移り住んだ人たちは、自分たちの政府《せいふ》を持ってよいと記された「勅許状《ちょっきょじょう》」をイギリスの王さまにもらい、独自の政府を作っていた。でも、つぎの王さまが、その書類をとりあげようとした。ところが、会議の場で、王さまの使いがそれをやぶりすてようとしたとき、とつぜんろうそくの炎《ほのお》がきえて、部屋が真っ暗になってしまった。ふたたびろうそくがともされたときには、勅許状《ちょっきょじょう》は、影《かげ》も形もなかった。勅許状《ちょっきょじょう》を守るため、だれかがそれを持ってにげだしたのだ。そして、オークの木、つまりコインにえがかれている木の、うろのなかにかくしたという。

勅許状《ちょっきょじょう》は「チャーター」と呼《よ》ばれるから、コインには、ものすごくちっちゃな文字で「チャーター・オーク」ときざまれている。

わたしもパトリックも、コインが二枚《まい》集まるまでは、ファイルにしまわないことにしているので、ふたりとも、コネチカット州のポケットは、まだからっぽだ。

わたしは、パトリックのコインをうらがえしてみた。

「ニューヨークだ」

「ちぇっ、残念」

ニューヨークは、もうファイルのポケットに入っている。


母さんがキムチをのせたご飯をひと口分おはしで持ちあげて、パトリックを待ちかまえている。わたしたちが階段《かいだん》をおりてくるのがきこえたんだろう。パトリックが口を大きくあけると、母さんは、キムチとご飯をそのなかにおしこんで、いった。

「またね、パトリック」

「ありがと、おばさん。じゃあね、ジュリア」パトリックは、口をもごもごさせながらいった。

夕飯のまえにパトリックが帰るときは、母さんは、かならずこうやって送りだす。うちは夕飯のおかずがなんであろうと、たいていご飯とキムチを食べるから、母さんはパトリックに、キムチをのせたご飯をひと口食べさせてから送りだすのだ。

この日の夕飯は、骨《ほね》つきカルビの焼き肉だった。もちろん、ご飯とキムチも出る。わたしは骨《ほね》つきカルビが大好物。両手で持って、骨《ほね》についた肉を歯できれいにこそげとるのが好きだ。

「パトリックは、夕飯のあと、また来るの？」母さんがきいた。

「うん。まだ宿題やってないから。きょうは楽農《らくのう》クラブがあったし、終わってからも、自由研究の相談をしてたんだ」

「自由研究って？」父さんがきく。

わたしは、骨《ほね》つきカルビをもうひとつとってから答えた。

「楽農《らくのう》クラブの課題だよ。パトリックといっしょに、なにか生き物の自由研究をやるつもりなの」

「生き物についてレポートを書くのか？」

「うん。でも、レポートを書くだけじゃなく、なにかじっさいにやってみないといけないの。パンフレットには、羊とか牛とか豚《ぶた》みたいな家畜《かちく》の自由研究や、ペットの自由研究について書いてあるんだけど、うちもパトリックのところも、それはむりだから、なやんでる」

「ほう。たとえば牛の研究だと、自分で乳《ちち》しぼりをするとか、そういうやつかい？」

「ちがうちがう。育てるの。むかしは子どもたちが農家から子牛や子羊をゆずってもらって、エサのやりかたや、世話のしかたを学んだんだって。そのための自由研究だったらしいよ」

「ママ、お姉ちゃんが動物を飼《か》うなら、ぼくも飼《か》っていい？　犬飼《いぬか》いたいなあ」ケニーが横から口をはさむ。

「うちは、ペット禁止《きんし》だよ」

父さんは、ケニーをたしなめてから母さんにいった。

「きみの実家で、なにか動物を飼《か》ってたことあったっけ？」

父さんはソウルの出身だ。ソウルは韓国《かんこく》の首都で、大都会だ。でも、母さんの家族は、ソウルの街の外側に住んでいた。当時、そのあたりはあまり住宅地《じゅうたくち》なんかなくて、田舎《いなか》だったそうだ。

「うーん、本格的《ほんかくてき》に飼《か》ったことはないわ。うちは農家じゃなかったから」母さんはいった。

それは知っていた。その話なら、しょっちゅうきかされてる。わたしのおじいちゃんたち、つまり父さんのお父さんも母さんのお父さんも、学校の先生だったそうだ。だから、わたしもいい成績《せいせき》をとらなきゃいけないって。

「ああ、でも、どの家でもニワトリは飼《か》っていたわね。ニワトリのことなら、少しは知ってるわよ」

「へえ、それじゃあ――」

わたしはいいかけたけど、すぐ母さんにさえぎられた。

「ダメ。ニワトリを飼《か》うと、そうじがたいへん。それに走りまわったり、地面をほじくりかえしたり、巣を作ったりできるような広い場所が、うちにはないでしょう。でもそれ以前に、こんな住宅地《じゅうたくち》でニワトリを飼《か》うのは、なにかの条例《じょうれい》にひっかかるはずよ」

わたしたちが住んでいる住宅地《じゅうたくち》には、たてに細長い二階建ての家が、いくつもつながって立っている。玄関《げんかん》のまえには、芝生《しばふ》の生えた四角いスペースがちょこっとあって、裏口《うらぐち》には、バーベキュー用のグリルをやっと置けるくらいの、小さなポーチがついている。でも、それだけだ。裏《うら》庭《にわ》はない。

「コッコッ、コッコッコ」

ケニーがひじをおりまげて、バタバタさせている。

「ニワトリだぞお。コケコッコ！」

ケニーがバカなことをしても無視《むし》するよう、わたしは長年訓練してきた。でも、このときは、ケニーの手がわたしのうでにぶつかって、骨《ほね》つきカルビが手から吹《ふ》っとび、キムチの器のなかに落っこちたから、つい、ムカッとしてしまった。

「ケニー！」わたしはどなった。

「ぶつかっちゃったんだもん。わざとじゃないよ！」ケニーがどなりかえす。

「ふたりとも、しずかにしなさい！」母さんがいって、骨《ほね》つきカルビをわたしの皿にもどした。

こんなにどっぷりキムチにつかったら、もう、食べられっこない。

わたしはテーブルの下で、ケニーの足をけとばした。

「ママあ！　お姉ちゃんがけった！」

ほんとうに、子どもなんだから、もう。大ばかものの、赤んぼうめ。

「そこまでだ。もう終わりにしよう。ジュリア、お皿をさげて」父さんがいった。

ケニーと母さんは、キッチンを出ていった。ケニーはこれからパソコンでゲームをし、母さんはテレビでニュースを見るんだろう。そのあいだに、わたしと父さんがお皿を片《かた》づけることになっている。

ケニーが手伝わなくていいのは、ずるいと思う。父さんと母さんは、ケニーがもう少し大きくなったら手伝わせる、といってるけど、わたしが今のケニーぐらいだったころには、もう、片《かた》づけを手伝っていた。

それでも、父さんとふたりきりでお皿を片《かた》づけるのは、いやじゃない。それに、やっていることは毎日同じだから、たいして時間もかからない。

わたしがテーブルのお皿を手にとり、よごれをゴムべらでゴミ箱にかきおとして、父さんにわたす。父さんは、お皿をさっとゆすいで食器洗《あら》い機に入れる。そのときには、わたしはもうつぎのお皿を、へらできれいにしている。父さんは、顔もあげずに手を出して、わたしがさしだしたお皿を受けとるだけ。まるで、ふたり組のお皿片《かた》づけマシーンみたい。かきおとして、ゆすいで、食器洗《あら》い機につっこむマシーンだ。

片《かた》づけがだいたい終わるころ、パトリックが、玄関《げんかん》をノックして入ってきた。家族じゃないから、いちおうノックするけど、ほとんど家族みたいなものだから「どうぞ」といわれなくても、入ってくる。

パトリックは、大きな声で「こんばんは」といって、ひとりで二階にあがると、わたしの部屋に置いてある、自分のリュックを持って、おりてきた。

「片《かた》づけ、手伝いましょうか？」パトリックは、父さんにきいた。

「いや、もう終わるからいいよ、パトリック」

パトリックがいすにすわって、リュックをあけたちょうどそのとき、母さんがキッチンに入ってきて、しずかな口調でいった。

「ねえ、ふたりができそうな研究を思いついたわ」

「ほんと？」と、わたし。

「どんな研究ですか？」パトリックも同時にたずねた。

わたしは、お皿を持ったまま、へらを動かす手をとめた。

母さんは、いたずらっぽく目をきらっと光らせた。

「虫を飼《か》ってみたらどうかしら？」

わたしはまじまじと母さんを見つめた。

「虫？」

母さんがうなずく。わたしはまたたきいた。

「虫を育てるの？　昆虫《こんちゅう》？　それともイモムシとか？」

すぐに頭のなかをいろいろな考えがぐるぐるまわりはじめた。わたしはパトリックにむかっていった。

「そうだ。虫じゃないけど、ミミズなら水そうで育てられるかもしれないよ。水じゃなくて土を入れるの。そうすればガラスごしに見られるでしょ」

パトリックは、あまり乗り気ではなさそうに、ゆっくりといった。

「ミミズねえ。どうかなあ……」

それから急に早口でしゃべりはじめた。

「あ、そういえば、ちょっとまえに読んだ本に、農場で、ふくろにつめた大量のテントウムシをいっせいにはなす場面が出てきたんだ。テントウムシは農作物にいいからって。テントウムシを何ふくろ分も用意するには、だれかが育てる必要があるよね？　それならできるんじゃないかな――」

母さんが笑って、ちょっと待ってというように、片手《かたて》をあげた。

「ふたりとも、おちついて。ミミズでもないし、テントウムシでもないの」

「じゃあ、なによ？……イモムシを育ててチョウにする研究とか？　『長旅をするチョウ、オオカバマダラの一生』みたいなのをやるわけ？」

そんなつもりじゃないのに、少しツンケンした口調になってしまった。母さんが手伝ってくれようとしているのは、わかってる。でも、イモムシを育てるのは、楽農《らくのう》クラブの自由研究っぽくない。学校の理科の宿題みたい。

母さんはわたしが持っていたお皿をとって、父さんにわたしながらいった。

「そう。イモムシといえばイモムシ。でも、チョウを育てるわけじゃないの。カイコを育てたらどうかなと思って」

わたしは、口をぽかんとあけたまま、母さんの顔を見つめた。

「韓国《かんこく》にいるころ、わたしのおばあちゃんが、カイコを飼《か》っていてね。よく手伝ったわ。なかなかおもしろいのよ、チョウを育てるのとは、またちがって。もちろん、にているところもあるんだけど、それだけじゃないの。だって、しまいには、ほんとうの農産物がとれるんだもの――絹《きぬ》がね」

「じゃあ、羊みたいなものですね」パトリックがいった。「羊を飼《か》って羊毛をとるんじゃなく、カイコを飼《か》って絹《きぬ》をとるんだ……」

絹《きぬ》がカイコからとれるということは、まえから知っていた。でも、そのことをちゃんと考えたことはなかった。

すると母さんがいった。

「そのとおりよ、パトリック。もちろん量は少ないだろうから、布《ぬの》を織《お》るところまでは行かないでしょう。でも、糸をよるくらいなら、できるんじゃないかしら」

「糸?!」

パトリックは、目を丸くした。そして、大きく息を吸《す》って、ぐっとつばを飲みこむと、ぶるっと体をふるわせた。それから立ちあがって、キッチンのなかを行ったり来たりしはじめた。

「ねえジュールズ、その――カイコを育てて糸をとって、きみがその糸でなにかをぬえば、二部門に参加できるよ。畜産《ちくさん》と、家庭科の両部門に!」

パトリックは、すっかりその気になった顔でわたしを見て、つづけた。

「とりあえずネットで調べてみよう。いや、待てよ」腕時計《うでどけい》に目をやって、顔をしかめる。「七時半にもなってないや。まだパソコンは使えないね」

パトリックは、うちの夜のスケジュールをよく知っている。八時まではケニーがパソコンを使って、そのあとわたしが使うことになっているんだ。

「どっちみち、ふたりとも先に宿題をすませないとね」母さんがいった。

わたしは、自分のリュックをとりに二階へむかいながら、どんよりした気持ちで考えた。

わたしが、カイコの研究にぜんぜん乗り気じゃないって、パトリックは、いつ気づいてくれるだろう。

3 カイコの自由研究なんて、やりたくない

宿題は、数学のプリントだった。「累乗《るいじょう》」の練習問題だ。右肩《みぎかた》に小さな数字のついた数を、まずはかけ算の形で書きなおし、計算の答えも、ふたとおりの形で書かなくてはならない。

$10^2 \times 10^6 = (10\times10)\times(10\times10\times10\times10\times10\times10)$

答え1　10^8

答え2　100000000

わたしは空欄《くうらん》をうめていった。

あー、めんどうくさい。

パトリックは、「指数」というこの右肩《みぎかた》の小さな数字を考えだした人は、きっとすごくめんどうくさがりか、せっかちかのどちらかだという。ゼロをずらずらといくつも書くのがいやになって、手っとり早い方法を考えたんじゃないかって。

プリントが終わると、つぎは、おたがいに社会科の問題を出しあった。学校ではもう「新大陸の古代文明――北アメリカ」の単元は終わって、今は、「新大陸の古代文明――南アメリカと中央アメリカ」の単元を勉強している。

きょうの宿題は、マヤ文明について。古代マヤ文明が広がっていたのは、現在の国々でいうとどこにあたるかを調べるのだ。答えは、メキシコの一部、グアテマラ、ホンジュラス、ベリーズ、それにエルサルバドル。パトリックはそれぞれの国の最初の文字をとって、「メグホベエ」というごろあわせを作った。

ここまで終えて時計を見ると、八時ちょっとまえだった。

「宿題は、これくらいでいいよ。そろそろカイコのことを調べにいこう」パトリックが、立ちあがっていった。

でもわたしは、教科書のページから目をはなさない。

「先に行ってて。もう少し勉強しておきたいから」

パトリックは、キッチンの戸口で立ちどまって、ふりむいた。

「え？　どうしたの？」

わたしには、パトリック以外にも、なかのいい友だちがいる。たとえば、エミリーとカーリー。サッカークラブでは、ふたりともわたしと同じディフェンスだし、練習以外でも、いっしょに遊ぶことがある。

でも、だれよりも長い時間をいっしょにすごすのは、パトリックだ。

ときどき男子たちが、おまえカノジョがいていいな、なんてパトリックをからかったりするけど、パトリックは、ちっとも気にしないし、わたしも気にしてない。友だちとカノジョの区別もつかないくらい、にぶい人たちのことなんて、気にしてもしょうがない。

長いあいだ親友でいると、どちらかがふきげんなとき、もうひとりは、なにもいわれなくても、それと気づくことが多い。これはたいていの場合、つごうがいい。たとえば、わたしがパトリックに対して腹《はら》を立てていたら、パトリックはすぐに気づいてくれる。にぶくてぜんぜん気がつかないとか、気にさわることをますますいいまくる、なんてことにはならない。

でも、たまには、ふきげんでいるのをわかってほしくないこともある。このときがそうだった。

「なんのこと？」わたしはとぼけた。

「みずくさいな、ジュールズ。なんか、おこってるよね？」

「なんでもない」

「げっ。ジュリアがひとりでむかついてるの、すごくいやなんだけど」

パトリックは、少しのあいだ、そこに立っていたけど、わたしがなにもいわずにいると、しょうがないなと肩《かた》をすくめて、部屋を出ていった。

呼《よ》びとめて、べつにパトリックのせいじゃないって、いおうかと思ったけど、やめておいた。パトリックのせいも、少しはあるのかもしれない――ちゃんと話しあってもいないのに、カイコの研究をすると決めつけているんだもの。

でも、わたしがふきげんになっているいちばんの理由はそれじゃない。そして、いちばんの理由は、ちょっとばかりこみいっているので、話したくなかった。

楽農《らくのう》クラブは、田舎《いなか》のくらしを勉強するところだと、わたしは思っている。農作業や、家畜《かちく》の世話や、料理や、裁縫《さいほう》を、むかしの人たちが、どんなふうにやっていたのか、学ぶところ。そして、赤いペンキをぬった大きな家畜《かちく》小屋や、トウモロコシ畑を見学したり、干《ほ》し草《くさ》をしいたトラックに乗ってピクニックに出かけたり……そんなイメージ。

カイコを育てるなんて、楽農《らくのう》クラブの自由研究じゃないって、わたしは思う。大きな赤い家畜《かちく》小屋の風景に、ぴたっとはまらない。だって、あまりにも……。

あまりにも、韓国《かんこく》っぽいんだもの。

シカゴにいたころは、韓国系《かんこくけい》の家族がたくさん住んでいて、わたしにも韓国系《かんこくけい》の友だちがいた。でも、このプレーンフィールドには、いない。うちが、この町で唯一《ゆいいつ》の韓国系《かんこくけい》の家族だ。

ここの小学校に転校してきてすぐのころは、校庭でわたしにむかって「やーい、チャイナチャイナ！」とはやしたてる女の子たちが、たくさんいた。わたしはすごくいやな気持ちになって、あんまりいやだから、なるべくそのことを考えないようにしていたほどだ。

もちろん、考えないようにしようと思えば思うほど、考えてしまう。だから、しばらくして記《き》憶《おく》がうすれてきたときは、すごくうれしかったたし、さいきんでは、ほとんど思いだすこともなかった。

こんなふうにいうと、韓国系《かんこくけい》だっていうことを、わたしがものすごく気にしているようにきこえるかもしれない。でも、それはちがう。数学の宿題をしたり、テレビを見たりしているときまで、ずっと「わたし、韓国系《かんこくけい》じゃなければよかったのに」なんて考えているわけじゃない。

じゃあ、どういうときに考えてしまうかというと、なにかいやなことがあったときだ。わたしは、自分の家がキムチくさいのがいやだし、ほかの子たちに「やーい、チャイナチャイナ！」とはやしたてられるのもいやだ。そして楽農《らくのう》クラブで、いかにもアジア系《けい》っぽいへんな自由研究をするのもいや。

もっとふつうの、どこから見てもアメリカ的な、アメリカ人らしい自由研究がやりたいんだ。

わたしはこれまでにも、いろいろな宿題とか課題を、パトリックといっしょにやってきた。

五年生のときは、いろんな木の葉を集める課題をやったし、「地域《ちいき》のことを知ろう」という調べ学習もした。

六年生のときは、水の分子の模型《もけい》を組みたてたり、氷河期《ひょうがき》の景色の模型《もけい》や独立《どくりつ》戦争のジオラマを作ったりもした。そして、学校の課題じゃないけど、五十州の記念コインのコレクションは、ずっといっしょにやっている。

だから、楽農《らくのう》クラブの自由研究も、パトリックと組むのは、ごく自然なことだった。

でも、ここへ来て、わたしはどうすればいいのかわからなくなってしまった。

乗り気になっているとき、パトリックがどんなふうになるかは、よくわかってる。今からカイコの研究をやめようといっても、パトリックを説得するのには、おそろしく時間がかかるだろうし、やりたくない理由を説明したら、きっとパトリックは、わたしがばかなことをいいだしたと思って、すごく腹《はら》を立てるにちがいない。

でも、ひょっとすると……。

ひょっとすると、わざわざやめようといわなくてもいいのかも。カイコを育てたことのある人なんて、母さんのおばあちゃんしか知らないし、それは何十年もまえの、しかも韓国《かんこく》でのことだ。ひょっとすると、アメリカでカイコを育てるのは、とてもむずかしいんじゃないかな。とりかかることすらできないかもしれない。

とりあえず、ようすを見てみようか……。壁《かべ》にぶつかってあきらめることになれば、わたしのせいにならずにすむし。

そう考えたら、だいぶ気持ちがすっきりしたので、立ちあがって居間《いま》に行った。パソコンの時計を見ると、七時五十七分。パトリックがパソコンのとなりにすわって、ケニーがゲームをしているのを、じっと見ている。

ケニーが泣きそうな声でいった。

「まだあと三分あるよ。まだぼくの番だからね。三分でボスをたおすんだから」

「もうあと二分半だね。失敗しちゃだめだよー。やりなおす時間は、もうないんだから」

わたしがいうと、案《あん》の定《じょう》、ケニーはあっという間にミスをして、ゲームオーバーになった。

「もう！　お姉ちゃんのせいで死んだんだぞ！」

ケニーがどなった。ケニーの声が大きくなったときは、「泣く」か「どなる」かの二種類しかない。

わたしはまえに、パトリックから、ケニーに冷たすぎるといわれたことがある。

「ケニーはまだ小さいんだよ。ぼくも弟やお姉ちゃんとけんかはするけど、ぼくのきょうだいげんかをぜんぶ足しても、ジュリアとケニーのほうがだんぜん多いよ」

わたしは言葉をぐっとのみこんだ。そのとき、いいたいことは三つあった。
一、パトリックの家は、きょうだいがおおぜいいるから、うちみたいにけんかがふたりに集中するのじゃなく、みんなに分散する。
二、パトリックは、いつもうちに来てるから、きょうだいげんかしようにもできない。
三、パトリックの弟たちや姉さんたちをぜんぶあわせて十倍、いや、十の十乗倍したよりも、うちの大ばかケニーのほうが、ずっとにくたらしい。
生まれたとき、ケニーはほんとうにかわいかった。赤ちゃんのころはいつも、ベビーチェアにおすわりして、わたしが家のなかで遊んだりするのを、一日じゅうじっと見ていたし、わたしが話しかけると、顔じゅうでにっこり笑った。

ところが（……ここで、ホラー映画《えいが》みたいなこわい音楽が流れる……）なんとケニーは、はいはいをはじめてしまったんだ。

まだ歩けもしないあんな小さな赤んぼうが、竜巻《たつまき》みたいになにもかも「壊滅《かいめつ》」させるなんて、思いもしなかった。

「壊滅《かいめつ》」っていうのは、パトリックから教わった言葉で、パトリックは、なにかの本で見ておぼえたらしいんだけど、要するに、めちゃくちゃにこわれてなくなること。最初にきいたときは、よくわからなかったけど、その何か月かあとにゲームをやってたら、敵《てき》をまとめてやっつける技《わざ》で出てきて、ケニーにぴったりの言葉だなって思った。

あのころケニーは、わたしが作るものをなんでも「壊滅《かいめつ》」させた。

わたしが絵をかけば、その上にらくがきして、おまけにびりびりにやぶく。そのへんに置いてあるものは、なんでもかじる。

しかも、わたしのお気に入りだったパンダのぬいぐるみの上に、ゲロを吐《は》いた。母さんが洗《あら》ってくれたけど、乾燥機《かんそうき》から出してみたら、パンダは、ごわごわになってた。まえはすごくふわふわだったのに。

ケニーがしゃべれるようになると、わたしたちは、けんかするようになった。わたしが八歳《さい》でケニーが三歳《さい》のとき、ケニーがわたしをすごく、すごくおこらせたことがあった。もう、あの子がなにをやらかしたのかおぼえていないけど、とにかくわたしは、かんかんになった。

「あんたなんか、あんたなんか――」

そういいながらわたしは、思いつくなかでいちばんひどい悪口をけんめいに考えた。

「あんたなんか、サイテーの大ばかものよ！」

それ以来、わたしはケニーを「大ばかもの」って呼《よ》ぶようになった。でも、父さんと母さんのまえでは使わない。うちには「悪口禁止《きんし》」という決まりがあるから。ふつうに考えれば、いい決まりだと思う。

でも、大ばかものが相手のときは、話がべつだ。

4　刺繍《ししゅう》を教わる

パトリックがパソコンのまえにすわって、「カイコ」と入力して検索《けんさく》した。わたしは、そばにある古いひじかけいすに、どさっとすわった。

父さんと母さんは、ソファで新聞や本を読んでいる。ケニーは、ゲームオーバーになったあと、どたどたと二階にあがったきり、おりてこないから、じゃまされずにすむ。助かった。

パトリックが、画面をクリックしたり、出てきたものを読んだりしている横で、わたしはじっと考えた。頭のなかをいろいろなことがぐるぐるまわっているので、少し整理しなきゃ。

わたしたちが楽農《らくのう》クラブの自由研究にかけられる時間は、二か月しかない。カイコを飼《か》うのがむりだとわかって、わたしの期待どおりあきらめることになるとしても、そのときには、もっと時間がたっている。そこから新しい研究を一からはじめたんじゃ、きっと間にあわない。なにかほかのものも、はじめておかなくちゃ。

パトリックは、カイコから糸をとるつもりだ。そして、わたしがその糸を使ってなにかをぬい、畜産《ちくさん》部門と家庭科部門の両方に出品する……。

そうか、ぬいものをしてなにか作る自由研究。それをなににするか考えておいて、カイコがだめになったら、ふつうの糸で、ぬえばいいんだ。

でも、どうしよう？　州の品評会《ひんぴょうかい》で賞をとるには、よっぽどすごいものを作らなきゃ。

わたしは、さらに考えた。

楽農《らくのう》クラブの自由研究で展示《てんじ》されるぬいものの作品は、たいてい服だ。マクスウェル先生が、以前の作品の写真を見せてくれた。

母親と自分のペアルックのワンピースをぬった子がいた（うへっ）。

フリースの真っ赤なベストを、何枚《なんまい》もぬった子もいる。それぞれのベストの背中《せなか》には「オークヒル寄宿学校《きしゅくがっこう》」という文字が刺繍《ししゅう》してあった。この町にある、障《しょう》がいを持つ子どものための全《ぜん》寮制《りょうせい》の学校の名前だ。ベストのまえには、それぞれの生徒の名前が刺繍《ししゅう》してある。

作者の女の子は、オークヒルにいる自分と同学年の子たちのためにベストを作ったのだ。オークヒルで遠足や社会科見学に行くとき、生徒たちがこのベストを着れば、赤くて目立つから、先生も、生徒がどこにいるか、ひと目でわかる。これも、「家庭科」と「地域奉仕《ちいきほうし》活動」という、二部門にまたがる自由研究だった。

ベストのことを思いだしているうちに、あることに気がついた。わたしがほんとうに好きなのは、ぬいものじゃない――というか、ミシンでなにかをぬうことじゃない。手作業で針仕事《はりしごと》をするのが好きなんだ。それは、楽農《らくのう》クラブでは「手芸」という、家庭科とはべつの部門になる。

母さんと父さんの部屋に、額《がく》に入った花の絵がかかっている。でも、絵の具でかいた絵じゃなく、刺繡《ししゅう》で作ってあるんだ。母さんが何年もまえ、まだ韓国《かんこく》にいたころ作ったもの。何千、何万という小さなステッチをくりかえした刺繡《ししゅう》で、とってもきれいだ。ああいうのが作れたらいいんだけど……。

「ねえ、母さん、刺繡《ししゅう》を教えてくれない？」

わたしがいうと、パトリックがこっちを見たので、きかれるまえに答えた。

「刺繡《ししゅう》をね、今から練習しておこうかなと思って。カイコから糸がとれたときのために」

うしろめたい気持ちが顔に出ていませんように、とわたしは願った。うそはついていないけど、ほんとうの気持ちをぜんぶ話しているわけでもないから。

パトリックは、「いいね」というように親指を立てて、また、パソコンにむかった。わたしが腹《はら》を立てていたことは、もう、わすれてるみたい。わたしのほうも、計画が決まって気持ちがすっきりしたから、わすれてくれたほうが、つごうがいい。

母さんは本を置くと、うれしそうな顔をして、いった。

「ちょっとまえから、そろそろ教えようかなと思っていたのよ。もう、宿題はすんだの？」

わたしはうなずいた。

「じゃあ、今すぐはじめましょ」

母さんは二階へあがると、裁縫《さいほう》道具の入ったバスケットと、古いビニールの買い物ぶくろを持って、おりてきた。そして、買い物ぶくろのなかから、丸い木の枠《わく》と、白い布《ぬの》をとりだした。丸い木枠《きわく》は、ふたつの枠《わく》がかさなった刺繡用《ししゅうよう》のもので、一方が、もう一方の内側に、ぴたりとはまっている。母さんが小さな留《と》め金《がね》をまわすと、外側の枠《わく》がゆるんで、内側の枠《わく》がはずれた。

わたしはソファに行くと、母さんのとなりにすわった。母さんは、まず四角い布《ぬの》をふたつの木《き》枠《わく》ではさんで、たるんだり、しわが寄《よ》ったりしないよう、ぴんと張《は》るやりかたを教えてくれた。

母さんは、部屋から、あの花の刺繡《ししゅう》の額《がく》も持ってきていた。そして、額《がく》を手にとると、裏板《うらいた》をおさえている金具をはずしはじめた。

「はるかむかし――どれくらいむかしか、わたしも知らないけれど、おそらく何百年もまえのことでしょうね――当時の朝鮮《ちょうせん》の女の人たちは、日本や中国のものとはちがう、自分たちだけの刺繡《ししゅう》を作りあげることにしたの」

母さんは、そういいながら、額縁《がくぶち》から刺繡《ししゅう》をとりだすと、ひっくりかえして裏側《うらがわ》を見せてくれた。

うわあ。

裏《うら》の刺繍《ししゅう》も、表とまったく同じもようになっている。玉どめも、糸が飛びだしているところも、ひとつもない。

「ねえ、パトリック見て」

わたしは、母さんの手から、花の刺繍《ししゅう》をとって、パトリックに見えるよう持ちあげた。つぎに、ひっくりかえして裏《うら》を見せた。

パトリックは、一瞬《いっしゅん》ちらっと見て「きれいだね」といっただけで、また、ディスプレイに目をもどした。

ぜんぜんわかってない。

でもパトリックのことは、とりあえずほうっておこう。あとで説明すればいいや。

わたしは、母さんにきいた。

「どうすれば、こんなふうにできるの？」

「そのうち教えてあげるけど、すぐにはむりよ。まずは、基本的《きほんてき》なステッチをおぼえないと」

「ステッチって、ようするに、ぬうことだよね？」

「うーん、イエスでもありノーでもあるわね。ぬいものと似《に》ているところもあるけど、ちがうところもあるし、すごくこまかいから、よけいにむずかしいの。まずは、ちょっとやってみましょう」

よけいにむずかしいというのは、ほんとうだった。まずは針《はり》の穴《あな》に、刺繡《ししゅう》糸《いと》を、一度に一本じゃなくて、二本とおさなきゃならない。おかげで四回も失敗して、五回めに、ようやく成功した。糸を二本とおすなら、むずかしさも倍ぐらいだろうと思ったら、それどころか累乗《るいじょう》されて、二の三乗倍ぐらいのむずかしさになってる。

ようやく糸をとおすと、母さんが、いちばんかんたんなステッチを教えてくれた。「ランニングステッチ」だ。布《ぬの》の表から針《はり》を入れて出して、入れて出して……をくりかえす。すると、ぬい目は点線みたいになる。そんなにむずかしくない。

母さんは、わたしのステッチを見た。

「悪くないわ。でも、ちょっとふぞろいね。ランニングステッチは、すべてのぬい目がぴったり同じ大きさになるよう、そろえるのが大切なの」

それから、お手本に五針《はり》ステッチして見せてくれた。

すごくきれい。みごとにそろっていて、かんぺきだ。

「ぬい目そのものだけじゃないのよ。ぬい目どうしの間隔《かんかく》も、同じ大きさでないと。っていうのも――」

「あっ、間隔《かんかく》をそろえれば、裏《うら》から見ても同じになるからだよね！」

わたしはさけんだ。

母さんはにっこりして、うなずいた。

やったね。いわれなくても、ちゃんと気がついた。

それからしばらくは、ランニングステッチの目をそろえることに夢中《むちゅう》になって、パトリックがいることを、わすれかけていた。

「ねえ、ジュールズ」

パトリックが、回転《かいてん》いすをくるっとまわして、こちらを見た。

「ちょっと、こまったことがあるんだ。でも、まずはいいニュースから。カイコの卵《たまご》を売っているところは、たくさんある。ネットで注文できるよ。卵《たまご》二十五個《こ》で十ドルぐらいだから、そんなに高くない」

ふうん。アメリカでも、カイコの卵《たまご》は手に入るんだ。じゃあ、なにがこまったことなんだろう？

パトリックが先をつづけた。

「でも、卵《たまご》だけ注文しても意味がない。桑《くわ》の木をさがさなきゃならないんだよ」

それをきいて母さんが、「ああ！」と小さくさけんだ。

「そういえばそうだった。すっかりわすれてたわ。韓国《かんこく》に住んでいたころは、裏庭《うらにわ》に桑《くわ》の木があったの。カイコのエサ用に、桑《くわ》の葉をとってくるのは、わたしの仕事だった」

「カイコ用の人工のエサもあるんだけど、ひとふくろにすごい量が入っていて、とても高いんだ。何百匹《なんびゃっぴき》も育てる人むけだね。それにカイコは、桑《くわ》の葉を食べたほうが、ずっとよく育つんだって。しかも、桑《くわ》以外の葉っぱは食べない」

桑《くわ》の木？　たしか、「桑《くわ》の木のまわりをまわろう、桑《くわ》の木、桑《くわ》の木」っていう童謡があったよね。マザー・グース（英国に伝わる童謡。「桑の木のまわりをまわろう」は、そのたくさんの歌のなかのひとつ）だっけ。

パトリックも、わたしが考えているのと同じことをいった。

「桑《くわ》の木って、わらべ歌には出てくるけど、じっさいには見たことがないや。プレーンフィールドじゅうさがしたって、一本も生えてないんじゃないかな」

すると、母さんが父さんに、「ヨボ」と呼《よ》びかけた。

「ヨボ」というのは、父さんの名前ではない。父さんの名前は「ジェイ」。もともとの韓国名《かんこくめい》は「ジェイウー」だけど、アメリカの人たちは「ジェイ」と呼《よ》ぶ。

同じように、母さんの韓国名《かんこくめい》は「ジュンスク」だけど、ここでは「ジューン」と呼《よ》ばれている。

「ヨボ」というのは、韓国語《かんこくご》で「ねえ、あなた」「なあ、おまえ」というような、呼《よ》びかけの言葉。父さんと母さんは、いつもたがいに、「ヨボ」と呼《よ》びあってる。

「ヨボ、知りあいで、庭に桑《くわ》の木がある人を知らない？」

父さんは、読んでいた新聞をおろして、「ん？」といった。

「桑《くわ》の木よ。このあいだ職場《しょくば》のパーティーに、手作りの桑《くわ》の実パイを持ってきた人がいたっていわなかった？　たしか、桑《くわ》の実を見たのは韓国《かんこく》にいたころ以来だって話してたわよね」

「ああ、うん。そういえばそんなこともあったね」父さんは目をぱちくりさせた。どうやらわたしたちの話をきいていなくて、ちんぷんかんぷんらしい。わたしはきいた。

「父さん！　その桑《くわ》の実、どこでとれたのか、知らない？」

パトリックとわたしは、父さんの答えを待ちかまえていたけど、心のなかでは、逆のことを考えていたはずだ。パトリックは、たぶん桑《くわ》の木が近くにあればいいなと思い、わたしは、なければいいと思っていた。

「ウィスコンシンっていってたよ」父さんがいった。

よし！　ウィスコンシンはイリノイのとなりの州だけど、車で何時間もかかる。

父さんは、にっこりしてつづけた。

「パイを作ってきた人のお母さんが、ウィスコンシンに住んでいるんだ。お母さんに会いにいったときに、実家の桑《くわ》の実を冷凍《れいとう》して持ちかえり、パイを作ったそうだ。あれはうまかったなあ」

んもう。父さんったら、ぜんぜんわかってない。

「うーん」パトリックが、ゆっくりといった。「でも、考えようによっては、いい知らせじゃないかな。さっきまでは、ぼく、ひょっとしたら桑《くわ》の木は、熱帯とか砂漠《さばく》とか、そういうとくべつなところじゃないと育たないんじゃないかと思っていたけど、アメリカでもちゃんと育つってことがわかったんだから」

母さんも賛成《さんせい》した。

「そうね。近所にきいてみるといいわ。案外、この町のどこかの庭に桑《くわ》の木が植わっているかもしれないわよ」

「マクスウェル先生にきいてみよう。知ってるかもしれないから」パトリックが、さっきより少し明るい顔でいう。

「でも、つぎに先生と会うのは一週間後だよ。来週の楽農《らくのう》クラブのとき」

わたしがいうと、パトリックが答えた。

「うぐっ。そうかあ。あ、でも、いい考えがある。今のうちにできることが、ほかにもあるよ。ジュールズ、ちょっとこっちに来て手伝って」

5　桑《くわ》の木さがし

翌朝《よくあさ》、パトリックとわたしは、いつもより早く家を出た。パトリックはガムテープ、わたしはチラシを持っている。

「桑《くわ》の木をさがしています。

お庭に桑《くわ》の木はありませんか？
葉をゆずってくださるかた、ご連絡《れんらく》ください。
連絡先《れんらくさき》　555―2139（ジュリア）」

わたしたちは、母さんに許可《きょか》をもらって、うちの電話番号をのせた。

パトリックの家の番号だと、もし家にいないときに電話がかかってきて、おちびさんたちのだれかが電話に出たりしたら、伝言をきちんと受けとるなんて、ぜったいむりだ。もちろん、うちの大ばかものにも同じ危険性《きけんせい》はあるけど、うちは弟がひとりだけだし、たいてい母さんが電話に出るから、だいじょうぶだ。

チラシは、きのうの晩《ばん》、パトリックがパソコンに文章を打ちこんで、わたしが文字の位置をそろえたり、かっこいいフォントをえらんだりして、作った。

わたしは、いっしょうけんめいチラシを作っているふりをした。チラシ作りをがんばっていれば、桑《くわ》の木を本気でさがそうとしているように見えるはずだから。

わたしはパトリックに、「チラシを思いつくなんて、天才！」といったし、ほんとうにいい考えだとは思う。

でも、心の底では、チラシなんかはっても、桑《くわ》の木が見つかるはずはない、と思っていた。それには、ちゃんと理由がある。父さんの話に出てきた木が、ウィスコンシン州のものだったというだけじゃない。ほかにもわけがあるんだ。

五年生で、木の葉を集める課題が出たとき、パトリックとわたしは、集めた葉っぱの種類が、クラスでいちばん多かった。近所を一軒《けん》ずつたずねてまわったし、近所以外の地区にも行ってみた。

先生からは、少なくとも十五種類集めるようにいわれていたけど、わたしたちは二十七種類も集めて、おまけの得点をたくさんもらった。そのとき集めたのは、ベニカエデ、サトウカエデ、イロハモミジという三種類のカエデや、アメリカガシワ、アカガシワ、ホワイトオーク、シラカシという四種類のオーク、ほかにスズカケノキ、ニセアカシア、ゴムの木、柳《やなぎ》、カバノキなんかがあった。

ぜんぶはおぼえていないけど、くだものの葉っぱもたくさん集めた。リンゴ、モモ、スモモ、ナシ。母さんの知りあいの家には、マルメロの木もあった。

でも、桑《くわ》の木はなかった。

あのとき、近所に桑《くわ》の木があれば、パトリックとわたしが見つけていたはず。クラスのほかの子が見つけたのにわたしたちが見つけられなかった葉っぱは、一種類だけだった。しかもそれは、植木鉢《うえきばち》に植わったハイビスカスの葉で、冬のあいだ、家のなかに入れていたものだったから、見つかりっこなかった。

そんなわけで、チラシをはっても桑《くわ》の木は見つからないだろう、と思っていたから、わたしはチラシがよく目立つように、せいいっぱいがんばったのだ。緑色の蛍光色《けいこうしょく》の紙に印刷して、字はうんと大きくしたから、遠くからでも、ぱっと目に入る。

わたしたちは、学校へ行くとちゅうで少し寄《よ》り道《みち》して、チラシをはった。

うちのまえの通りをちょっと行った、交差点にあるガソリンスタンド、学校のむかいのコンビニ、それから人どおりの多い道の電柱にも三、四か所寄《よ》って、チラシをはった。

ガソリンスタンドの女の人は、とても親切だった。はじめて会う人だ。父さんと母さんは、このガソリンスタンドを使っているけど、自分でガソリンを入れて、自動支払《しはら》い機《き》で払《はら》うので、わたしは車からおりたことがない。

事務所《じむしょ》のなかに入って話をしたとき、はじめはちょっとこわそうな人だと思った。オレンジ色の髪《かみ》を頭のてっぺんでおだんごにして、スプレーで、がちがちにかためているし、歯は茶色くよごれていて、わたしが今までに見たなかでいちばんきたなかった。でも、事務所《じむしょ》の窓《まど》ガラスにチラシをはってもいいといってくれたし、お客さんにもチラシを見るよう声をかける、といってくれた。

それが、水曜日の朝のこと。その日は、家に帰ってから、ずっとびくびくしてた。電話が鳴るたびに、だれかが「桑《くわ》の木がありますよ」って、かけてきたんじゃないかと思ったからだ。

でも、だれからもそういう電話はなかった。

つぎの日もなかったし、そのまたつぎの日にもなかった。

やっぱりね。うちの近所には、桑《くわ》の木なんて、ないんだ。

土曜日のお昼すぎには、さすがのパトリックも、電話が鳴るのを待って、ただだらしているのはいやだ、といいだしたので、コンビニへスムージーを買いにいくことにした。わたしは七十九セントのを注文して一ドルと四セントを出した。おつりは二十五セントコインひとつ。裏《うら》を見ると、イリノイ州だった。

がっかり。イリノイは、もう二枚《まい》そろってるし、今まで十回以上見たことがある。なのに、コネチカットのコインは、まだ一枚《まい》しかない。

電話は、土曜日も日曜日も月曜日も来なかった。火曜日には、また楽農《らくのう》クラブの集まりがある。そのことも、わたしには心配の種だった。もしもマクスウェル先生が、桑《くわ》の木のありかを知っていたりしたら、たいへんだ。カイコの飼育《しいく》をあきらめるための理由を、また新しくさがさないといけない。

火曜日の楽農《らくのう》クラブは、はじめ、最悪だった。少なくとも、わたしはそう思った。

会がはじまってすぐ、パトリックがマクスウェル先生のところへ行って、自由研究でカイコを育てることにした、というと、先生はすぐ賛成《さんせい》してくれた。というか、すごくいい考えだと思ったみたいだ。

「今までクラブでカイコを育てた子は、いないんだ。おもしろい研究になりそうだね。ふたりとも、よく思いついたな」

でも、その一分後に先生がいった言葉をきいて、わたしは心のなかで、やった！　とさけんだ。先生も、桑《くわ》の木がある家は知らないらしい。

「ぼくも、まわりの人にきいてみるよ。意外なところにあるかもしれないからね」

そのあとみんなが、自分たちの研究の進みぐあいを発表した。

アビーは、先週も今週もパイを持ってきていた。パイのコンテストに出品する計画で、今は、パイ皮を改良しようと、がんばっている。

アビーは、みんなにパイをひと口ずつ味見してもらうと、「先週のほうがサクサクしてた？」とか、「まだサクサク感が足りないかな？」とか、みんなを質問《しつもん》ぜめにした。参考になるようなことがいえればよかったけど、わたしは先週のパイをぜんぜん思いだせなくて、どっちもおいしい、としかいえなかった。

トニーとネイサンは、トマトを種から育てていた。芽が出て、今は小さな苗《なえ》になったところ。

アンジェラは、いろいろな種類のジャガイモを、種イモから育てているところだ。

ケビンはガチョウを飼《か》っている。名前は「ゴセージ」。「ガチョウはグースでしょ。むかし、グース・ゴセージ（米国出身の野球選手。一九七二年から九四年までさまざまなチームで活躍した）っていう野球選手がいたんだ。うちの父さんが好きだったピッチャーだよ」と、ケビンがいう。

すると、パトリックが説明してくれた。そのピッチャーは、シカゴ・ホワイトソックスの選手だった人で、本名はリッチ・ゴセージだけど、ニックネームで「グース・ゴセージ」と呼《よ》ばれていたそうだ。

ケビンは、ガチョウのゴセージをつれてきていて、今教えている芸を、みんなのまえで見せてくれた。ゴセージは、ケビンの合図でガーガー鳴くこともできるし、ケビンの靴《くつ》ひもをほどいたりもする。

みんなが、わたしとパトリックよりずっと進んでいる。

家に帰るとちゅう、パトリックは、少ししょげているみたいだった。そろそろわたしの計画をはじめたほうがいいかな。

「チラシはぜんぜんダメだったし、マクスウェル先生も、家に桑《くわ》の木がある人を知らないみたいだね」わたしは、首を横にふりながらため息をついて、つづけた。「これじゃ、できるかどうかわからないよ、パトリック。だめだったときのために、ほかの研究テーマを考えておいたほうがいいんじゃないかな」

パトリックは、顔をしかめていった。

「ほかの研究なんて、いらないよ。マクスウェル先生だって、すごくいいアイディアだって、ほめてくれたじゃないか。この町のどこかにきっと、一本ぐらい桑《くわ》の木があるはずだ」

ほかの研究を考えながら、同時に桑《くわ》の木さがしをつづけることだってできるよ、といおうとしたそのとき、うしろから「ねえ、ちょっと！」と、女の人の声がした。

ふりかえると、ガソリンスタンドの事務所《じむしょ》の戸口から、あの女の人が手をふっている。

「ねえ、あんたたち！」

わたしたちが小さな事務所《じむしょ》に入っていくと、女の人は、またカウンターのうしろにもどって、話しはじめた。

「お客さんに、ディクソンさんっていう男の人がいてね、この人、かならず月曜日の午前十時半にやってきて、判《はん》でおしたように、同じものを買うのよ。ガソリンを十ドル分入れたあと、グリーンミントのタブレットをひと包み」

わたしは、いらいらする気持ちをぐっとこらえた。いったい、なにがいいたいんだろう？

「で、きのうその人が来たときに、あんたたちと約束したとおり、チラシを見せたの。そしたら『桑《くわ》の木か……』って、ぼそっというのよ」

低い、がらがら声でまねをしたところを見ると、きっと年とった人なんだろう。女の人は、先をつづけた。

「だから、きいてみたの。『このあたりで、桑《くわ》の木があるお宅《たく》をごぞんじじゃないですか？』って。そうしたら、こういうじゃないの。『おじょうさん』——あたしにむかっておじょうさんなんて、おかしいよね。でも、ディクソンさんから見たら、あたしなんか、まだおじょうさんだから」

女の人は、茶色くよごれた歯をむきだして、にかっと笑ってから、つづけた。

「とにかく、こういうの。『おじょうさん、以前は、この町で唯一《ゆいいつ》の桑《くわ》の木といえば、わたしのところにあるって、みんな知っていたものだよ』って」

信じられないというようすで首を横にふり、にっこりしてつづける。

「すごいじゃない！　あんたたちは、桑《くわ》の木をさがしてるわけでしょ？　で、うちのお客さんの家に、町で唯一《ゆいいつ》の桑《くわ》の木があるなんて」

女の人は、あははと笑って、カウンターをぴしゃりとたたいた。

「うわ、やったあ！」パトリックはこぶしをつきあげた。

わたしは、胃ぶくろがぎゅっとちぢんだ気がした。桑《くわ》の木が見つかっちゃった。あーあ……。

「それで、電話してくれるって、いってましたか？」パトリックが、いきおいこんでたずねた。

すると、女の人の顔がくもった。

「ああ、今、そのことをいおうと思ってたの。その人に、あんたたちの電話番号を教えようとして、メモ用紙までわたそうとしたのよ。なのに『いや、けっこう』って、帰っちゃったの。ごめんねえ」

パトリックは、「あう！」と、おなかをパンチされたみたいな声を出した。逆《ぎゃく》にわたしは、ぱっと気持ちが明るくなった。

わたしは女の人に、思いきりにっこりした。白い歯がよく見えたと思う。それから、できるだけおぎょうぎよく、「お客さんにチラシを見せてくださって、ありがとうございます」といって、パトリックのくつを、足の横でちょんとけった。そのお客さんが、うちの番号を書きとめずに帰ってしまったのは、この人のせいじゃないんだから、パトリックも、お礼ぐらいいったほうがいい。

「あ、うん、ありがとうございました」パトリックも、ぼそぼそいった。

女の人は、茶色の歯で、にっと笑っていった。

「チラシ、もうしばらく、はっておくね。また、なにかいい話があるかもしれないし」

わたしたちはガソリンスタンドを出て、しばらくだまって歩いた。パトリックはうなだれて、がっくりと肩《かた》を落としている。見ていたら、こっちもつらくなってきた。

そのお客さんが電話番号をメモしていかなかったのは、カイコの研究にとってはよくないことだから、わたしはうれしかったけど、パトリックがこんなにしょげているところは、見たくない。

「ねえ、パトリック、マクスウェル先生も、知りあいにきいてみるっていってくれたじゃない。先生は農家なんだから、きっと知りあいにも、農家の人がたくさんいるよ。ひとりぐらい、桑《くわ》の木がある場所を知ってるかもしれない」

わたしはだんだん、秘密《ひみつ》工作を進めているような気分になってきた。本心と正反対のことをいったりやったりして、まるでスパイみたい。自分でもちょっと混乱《こんらん》しそうだ。パトリックと話しながら、先生の知りあいが桑《くわ》の木のある場所を知っていればいいなと、ほんとうに思いそうになった。いやいや、わたしは木が見つかってほしくないんだからね。

パトリックは、まだうつむいたまま、いった。

「うん、そうだね。でもさ、ジュールズ、ぼくたち、どんどん時間がなくなってるんだよ。マクスウェル先生とは、つぎの火曜日まで会えないし。なにかべつの方法を考えないと……」

それからパトリックは、いきなり立ちどまると、わたしのうでをぎゅっとつかんだので、ぐっと体がひっぱられた。うでがいたい。

「そうか、月曜日だ！」パトリックがさけんだ。

「んもう、月曜日がなんなのよ？」わたしは少しぷんぷんしながら、つかまれたうでをひきはがした。

「その人は、毎週月曜日にガソリンスタンドに来るんだよね？　しかも、時間はかならず十時半だって、あの女の人がいってた。だから、その時間にガソリンスタンドに行って、直接《ちょくせつ》話ができれば――」

わたしはとっさに自分にいいきかせた。おちついて、すばやく考えて！　スパイって、こうやってその場その場で、すばやく切りぬけなきゃならないんだから。

わたしはいった。

「ねえ、でも、なにかわすれてない？　すごくいい考えだけど、ひとつだけぬけてるよ。月曜日の午前十時半って、学校があるでしょ？」

わたしたちは、どちらも学校をさぼったことがない。わたしの場合は、父さんと母さんがこわいから――ずる休みなんかしたら、殺《ころ》されそう！　まだ死にたくない。そしてパトリックは、さぼることなんか、一度も考えたことがないはず。そういう子なんだ。

「ああ、そうか。うーん、月曜日が休みになる日って、なかったっけ？」

わたしは、首を横にふった。

「当分ないよ」

二週間まえに春休みが終わったばかりで、この先はしばらく、祝日はない。

「つぎの祝日は、たしか、メモリアルデーだよね」五月の最後の月曜日。二か月も先だ。ジュリア・ソン、スパイとして冷静沈着《ちんちゃく》にふるまう。

パトリックがいった。

「母さんに許可《きょか》をもらって、一時間めだけ遅刻《ちこく》する手もあるかもしれないな。でなきゃ、ジュリアのお母さんにその時間、ガソリンスタンドへ行ってもらって、ぼくらのかわりに男の人と話してもらうとか。ふたりでたのんでみる？」

パトリックは、ふりかえってガソリンスタンドを見つめた。ちょうど、給油ポンプのまえに車が一台とまったところだ。運転していた人がおりてきて、給油をはじめた。パトリックは、まるで生まれてはじめて見るみたいに、給油しているところを、まじまじと見つめている。

と思ったら、いきなりガソリンスタンドにむかって走りだし、こっちをふりむいてさけんだ。

「その人の車をきいてみよう！　毎週ここに来るんだから、きっと、このあたりに住んでるはずだ――見つけられるかもしれない」

わたしは、パトリックを追いかけて走った。でも、スタンドに着いたときにはもう、パトリックはさっきの女の人と話をして、もどってくるところだった。

パトリックは、にんまりしながらいった。

「フォードの古い車だって。色は緑で、深緑色のほろがついてるって。一九七〇年代のものらしい。そんなにたくさんはないはずだ」

パトリックは、もうすっかりその気で、通りぞいの家の車をひとつひとつ見ている。

「今からさがしはじめちゃおう。で、もしも今週中に、その人が見つからなかったら、月曜日に遅刻《ちこく》していいかどうか、母さんたちにきいてみよう」

わたしも、通りぞいの家々に目をやった。それから、歩道と、芝生《しばふ》と、植えこみの木を見た。

でも、車は目に入れないようにした。

6　ディクソンさん

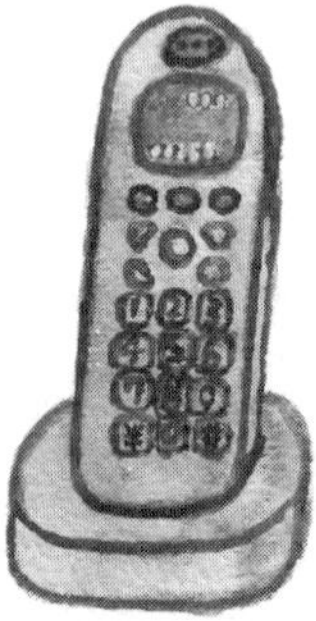

　パトリックは、これだけ手がかりがあれば、ぜったいに車を見つけられると思っているみたいだ。でもわたしは、ぜったいに見つからないだろうと思っていた——っていうか、見つからないといいな、と思っていた。
「七〇年代の車に乗ってる人は、めったにいないよ、ジュールズ。ただ、ぼくらはふだん、車のことなんか気にしてないよね。その車、もしかしたら、毎日ぼくらが学校に歩いていくときに、横をとおりすぎてるかもしれない。ちゃんとさがせば、きっと見つかるよ」
　どんな車だったか、もう一度教えてよっていおうとしたけど、パトリックは興奮《こうふん》モードに入っていて、わたしなんかおかまいなしに、ずんずん話をつづけた。
「たぶん、けっこう年のいった人なんだよね？　もう、仕事はしてないだろうな。ってことは——」パチンと指を鳴らして、先をつづける。「——車は、昼間もだいたい家にあるってことだ。どこかの家の敷地《しきち》に、きっととめてある」

「ガレージにとめていたらどうするの？　シャッターがしまってたら、見えないじゃない？」

わたしがいうと、パトリックは、そういう考えかたは悲観的すぎるといった。わたしは、パトリックが夢《ゆめ》みたいなことばっかり考えすぎるんだと、いいかえした。

うちに着くと、いつものように宿題のプリント――また累乗《るいじょう》だった――をやったけど、ふたりとも、あまりしゃべらなかった。

帰るときも、パトリックはまだ、わたしに腹《はら》を立てていた。いつものようにキッチンに寄《よ》ってキムチを食べていかなかったんだから。

「ほろのついた、緑の古いフォードだな。わかった」

キッチンで、父さんとお皿を片《かた》づけながら、車のことを話すと、父さんは、車種と色を確認《かくにん》した。

「気をつけて見るようにするよ」

「ありがとう、父さん」わたしは、ため息をついた。

父さんは、ふきんで手をふいて、いった。

「職場《しょくば》に、クラシックカーのマニアがいるんだ。フォードが好きかどうかは知らないが、ちょっときいてみるよ。マニアどうしで知りあいになっている場合もあるからね」

「うん、わかった」

わたしは、あいかわらずスパイのつもりになっていた。パトリックには、父さんに車をさがすようお願いしたっていえるし、そうすれば、桑《くわ》の木を見つけるために、せいいっぱいがんばってるように見えると思う。パトリックも、きげんを直してくれるかもしれない。

そのとき、電話が鳴った。受話器をとりに走りながら、パトリックだといいなと思った。おたがい言葉に出してあやまりったりはしないだろうけど、ふつうに話せれば、なかなおりしたってことになるから。

「もしもし?」わたしはいった。

「ああ、もしもし」

小さな希望は消えてしまった。パトリックじゃない。男の人——きっと、父さんの職場《しょくば》の人だ。

「キャル・ディクソンともうします。ジュリアさんというおじょうさんとお話ししたいのですが」

キャル・ディクソンなんていう人は知らないし、声も、きいたことのないがらがら声だ。とてもていねいな、少しむかしふうの話しかたで、ちょっとだけ南部なまりがある。でも、名前はなんだかききおぼえがある……。

「あ、はい、わたしがジュリアですけど」

「はじめまして、ジュリア。ガソリンスタンドのモナさんから、きみたちが桑《くわ》の木をさがしているってきいてね」

ディクソンさん！　どうりできいたことがあると思った。ガソリンスタンドの女の人はたしか、「ディクソンさんは毎週月曜日にスタンドに来る」っていってた。

この人が、桑《くわ》の木のディクソンさんなんだ！

でも、うちの電話番号のメモを持っていかなかったんだよね？　スタンドの女の人がそういってた。どうしてうちの番号がわかったのかな。なにを話そう？

ぐるぐるとそんなことを考えながら、心のすみっこで、あの人、モナさんっていうんだ、ってちらっと思った。あんなに親切にしてもらったのに、わたしたちは、名前もきかなかった。つぎに会ったときは、ちゃんと名前で呼《よ》ぼう。

「ジュリア？　きこえるかい？」

「は、はい、ごめんなさい。きこえてます」

「よかった。モナさんの話だと、なにかの宿題で、うちの桑《くわ》の木がいるっていうことだけど、そうなのかい？」

「はい。でも学校の宿題とかじゃなくて、わたしが入っているサークルの自由研究なんです」

「なるほど。よころんでお手伝いしたいところだけれど、まずはお目にかかって話をきかせていただけるかな。今週、うちに来ないかい？」

わたしはディクソンさんが見つかったので、おどろいてぼーっとしていたけど、やっとまた、頭がはたらきはじめたところだった。わたしが今、話している相手は、家に桑《くわ》の木がある人だ。これは、カイコの自由研究を進めるには、願ってもないことだけど、わたしにとっては最悪だった。

おちついて。よく考えるのよ。

もう、桑《くわ》の木は必要なくなりました、ってディクソンさんにいうことはできる。

そしてパトリックには、電話が来たことをだまっていればいい。「電話が来た？」ってずばりときかれればべつだけど、きかれるわけないよね？　ディクソンさんは、うちの番号のメモを持っていかなかったという話だったから、まさか電話がかかってくるなんて思っていなかったもの。だまっているのは、パトリックにうそをつくことにはならない。

これなら、計画どおり、かんぺきだ。桑《くわ》の木がなければ、カイコの自由研究は中止。

でも……。

問題は、ふたつある。ひとつは、パトリックがディクソンさんの車を見つけて、家に桑《くわ》の木があるとわかってしまったら、どうするかということ。きっと、わたしが電話のことをだまっていたと、すぐばれてしまうだろう。そうしたら、なんでいわなかったのかとおこるだろうし、時間がむだになったことについては、もっとおこるに決まってる。ディクソンさんからも、すごくばかな子だと思われるだろう。

ふたつめは、あまり考えたくないことなんだけど、わたしがチラシ作りを手伝ったってこと。それはほんとうだ。わたしが、心のなかでは桑《くわ》の木が見つからなければいいと思っていることなんか、関係ない。そのチラシを見て、ディクソンさんは、家に来ないかといってくれた。わざわざうちに電話までしてくれているのに、ここでことわるなんて失礼すぎる。みんなが見ているまえで約束しておいて、それをやぶるようなものだ。

ディクソンさんが、軽くせきばらいをした。わたしはまた、だまりこんでいたみたい。

「あすの午後はどうだい。ごつごうはいかがかな？」

なにかいいなさいよ、ジュリア・ソン。なんでもいいから、時間かせぎをして。

「あの、えっと……」声がうらがえりそうになってしまったけど、つづけた。「わたしだけじゃなく、友だちもいるんです。いっしょに自由研究をやっていて、パトリックっていいます」

「ああ、チームを組んでいるんだね。かまわないよ。でも、そのまえに、お母さんかお父さんにきいておいで。親御《おやご》さんがいいといってからじゃないとね」

しまった。だまっていたせいで、「行きます」って返事をしたことになってしまった。

「わかりました。今、きいてきます」

わたしは居間《いま》に行って、母さんにたずねた。

「母さん、ディクソンさんっていう男の人が電話をくれたの。家に桑《くわ》の木があって、わたしたちのチラシを見たんだって。あしたいらっしゃいって、いってくれてるんだけど、でもそのまえに、お母さんにききなさいって」

母さんはうなずいた。

「いいわよ。ただし、お母さんもつきそいで行くって伝えて」

「ええーっ。母さんったら」

母さんは、ぐっとあごをひいて、わたしを見た。

「ジュリア、知らない人の家にひとりで行くことはゆるしません」

「ひとりじゃないよ。パトリックもいるもん」

でも、母さんは首を横にふった。

「行くなら、わたしもついていきます。それで決まりよ」

そこでわたしは電話口にもどり、ディクソンさんに、わたしとパトリックと母さんの三人で行きますと伝えた。

「ああ、それでかまわないよ」ディクソンさんはいった。「じゃあ、あすの四時ごろでどうだい？

うちは、グラント通り一五七番地。オーチャード通りのはずれで、学校の裏手《うらて》だよ」

「グラント通り一五七番地ですね。四時ならちょうどいいです。ありがとうございます」

「じゃあそういうことで。あす、お目にかかろう」ディクソンさんがいった。

わたしもさようならといって、電話を切った。

スパイのジュリア・ソン、ミッション失敗。つぎの指令を待つ。


パトリックが、車の窓《まど》から外を見ながらいった。

「一五七番地だよね。一四六……一四八……つぎの十字路をこえたあたりかな」

「うん。奇数《きすう》の番地だから、通りのこっち側だね」

ディクソンさんと会うのをやめることは、もうできない。だから、さっさと終わらせてしまおうという気になっていた。計画をぜんぶ見なおして、カイコを飼《か》うのをやめるための、べつの理由をさがすしかない。

車に乗っているのは、わたしとパトリックと母さん。大ばかものは乗ってない。ふう、よかった。母さんは、わたしたちをディクソンさんのところへつれていくあいだ、ケニーを友だちの家であずかってもらうことにしたのだ。

グラント通りがあるのは、学校のむこう側で、うちから一キロもはなれていない。うちのように、同じ形の二階建ての家がとなりとつながっているのではなく、一戸建ての小さな家が多くて、ところどころにアパートもまじっている。

「一五七番地――あった」わたしはいった。こぢんまりした茶色の家だ。

自分でもおどろいたけど、少しわくわくしてきた。宝《たから》さがしみたいな気分。ただし、お宝《たから》は、宝箱《たからばこ》に入った金貨じゃなくて、桑《くわ》の木なんだけど。

いや、ちょっとちがう。桑《くわ》の木は、パトリックの宝《たから》だ。わたしとしては、スパイの気分。作戦を実行するまえに敵《てき》の司令部に乗りこむところだ。ミッションは、ディクソンさんの桑《くわ》の木から葉っぱをもらうのをやめる方法を考えること。

母さんが、茶色の家のまえに車をとめた。敷地内《しきちない》に大きな緑のフォードがとめてある。たしかに、古い型の車だ。でも、よく手入れされていて、どこもさびたりしてない。

そして、家のまわりには、木が一本も見あたらない。

玄関《げんかん》まえの道を歩いて、ドアのところまで来ると、パトリックとわたしは一歩さがって、母さんに呼《よ》び鈴《りん》をおしてもらった。

ドアがあいた。

わたしは、ほんの一瞬《いっしゅん》（だといいんだけど）目を丸くして、口をとじ、それから母さんの顔を見た。

ディクソンさんは、黒人だった。

うちの母さんは、黒人が好きじゃない。

プレーンフィールドに住んでいるのは、ほとんどが白人だ。うちの学校に黒人の子たちもいるけど、そんなに多くはない。わたしのなかのいい友だちにも、黒人はいなかった。とくになにか理由があるわけじゃない。授業中《じゅぎょうちゅう》も、放課後も、スポーツのチームでも、みなおたがいに感じよくつきあっている。でも、黒人の子たちはたいていかたまって、黒人の子どうしでグループを作っている。

わたしがこれまででいちばん好きだった先生は、黒人の女の人だった。二年まえ、五年生のときの担任《たんにん》だった、ロバーツ先生。これから先、ずっとロバーツ先生がいいと思ったくらいだ。すごくおもしろくて、クラスじゅうが大爆笑《だいばくしょう》するようなことを、いきなりさらっというから、みんないっしょうけんめい先生の話をきいていた。そうやって耳をすましていたから、教わったことも、自然と頭に入ったんだと思う。

たとえばロバーツ先生は、授業中《じゅぎょうちゅう》にさした子の答えがあっていると、「そのとおり。あったまいい！」といってくれる。宿題の説明をしたあとには、「みんなわかった？　がってん？」と念をおすので、みんなで声をそろえて「がってんしょうち！」と返事をする。

ときどき学校で黒人の子たちが、そうやって、かけあいみたいにしゃべってるのをきいたことがあるけど、黒人のおとながそういう話しかたをするのは、きいたことがない。ロバーツ先生は、わたしたちのまえでも、おとなぶったりしてないんだなという気がして、わたしはとても好きだった。

でも、母さんはどうしてもロバーツ先生が気に入らなかった。

それをのみこむまで、わたしはちょっと苦労した。理由はふたつある。

まず第一に、母さんがロバーツ先生を好きじゃないってことが、すぐにはわからなかったから。五年生のときは、学校から帰るといつも、母さんから質問《しつもん》ぜめにあった。「学校はどうだった?」みたいなふつうの質問《しつもん》じゃなくて、こまかいことを、根ほり葉ほりきいてくる、まるでわたしが学校にいるあいだのことを、分きざみで知りたがっているみたいだった。

毎日毎日質問《しつもん》ぜめにされるうちに、わたしの脳《のう》みそのなかで、いろんなことがつながって、こう思いはじめた。母さんがきいてるのは、わたしのことじゃない。ロバーツ先生のことをきいているんだ。わたしはある日、うんざりして、母さんにずばりとたずねた。

「どうしてロバーツ先生のことを、そんなにこまかくきくの?」

車で買い物に行くとちゅうかなにかだったと思う。

「あら、そんなことしてるかしら?」母さんがききかえした。

すごくいやだった。おとなになにかをたずねて、逆《ぎゃく》に質問《しつもん》で返されると、すごくむかつく。

「やめてよ、母さん。自分でもわかってるくせに」

母さんはきゅっと口を結んだ。わたしのことは見ようとしない。赤信号でとまっていたのに、道路ばかり見ている。それからこういった。

「あなたには、まだわからないこともあるのよ」

「いってみてよ。わたしは赤ちゃんじゃないんだよ」

わたしがいうと、母さんはうなずいた。でも、まだこっちを見ない。

「あのね、黒人の人たちが、この国でつらい目にあっていたのは知ってるでしょう」

「うん、知ってる」

「白人と同じだけの教育を受けられなかった黒人もたくさんいたの」

「うん」

「だから、あなたの先生が、十分な教育を受けて経験《けいけん》をつんだ、いい先生なのかどうかをたしかめたかったのよ」

母さんの話はもっともらしかったけど、やっぱりおかしいと思った。だからわたしは首を横にふった。

「今まででで最高の先生だって、いつもいってるでしょ？　テストだって見せてるじゃない。わたし、いい成績《せいせき》とってるよね。先生は、勉強しなくちゃいけないことは、ぜんぶきちんと教えてくれてるよ。どうして信じてくれないの？」

母さんは、一分間なにもいわなかった。それからちらっと笑って、「わかった。信じるわ」といった。

でも、やっぱりわたしの顔は見ようとしなかった。

そんなわけでわたしは、「うちの母さんは、ロバーツ先生が黒人だから、あまりいい先生じゃないかもしれないと思っている」って答えを出した。

これをのみこむのに苦労した第二の理由は、いつもはやさしい母さんが、黒人に対して差別的な気持ちを持っているなんて、思いたくないということだった。

わたしはたくさん考えたあげく、とうとうパトリックにこのことを話した。パトリックはまるまる一分間だまりこくっていたけど、なにか考えているんだな、ということはわかった。それからこういった。

「兵隊さんのせいかもね」

「え？」

「朝鮮《ちょうせん》戦争（一九五〇～五三年。朝鮮民主主義人民共和国と大韓民国のあいだでおこり、米軍も国連軍の一部として参戦した）だよ。アメリカ軍は、朝鮮《ちょうせん》戦争のとき、いろんな部隊を統合《とうごう》して、はじめて黒人と白人がいっしょに戦ったんだ。本で読んだことがある」

そのころパトリックは、軍隊の歴史に夢中《むちゅう》になっていて、本を山のように読んでいた。わたしに読んできかせてくれることもあった。パトリックが軍隊にあきて、カラスの本を読みはじめたときには、ほっとしたくらいだ。

「朝鮮《ちょうせん》戦争のころ、韓国《かんこく》にいた黒人といえば、アメリカ軍の兵士だけだ。ひょっとしたらジュリアのお母さんは、黒人になんだかこわいイメージを持っているのかも。戦争を思いだすんじゃないかな」

なるほど、そうかもしれないと思った。その日の夕飯のあと、わたしは父さんにきいてみた。

「父さん、韓国《かんこく》にも黒人っている？」

わたしの質問《しつもん》に父さんはびっくりしたようだったけど、答えてくれた。

「ああ、もちろんいるよ。でもあまり多くはないな。韓国《かんこく》に住んでいるのは、ほとんどが韓国人《かんこくじん》だからね」父さんはにっこりして、先をつづけた。「はじめてアメリカに来たときはおもしろかったなあ。人間っていうのが、こんなにいろんな色をしているものだとは知らなかったから」

父さんは、ほら、すばらしいだろ、とでもいうように、うれしそうだった。

「ねえ、子どものとき韓国《かんこく》で、黒人の人と知りあいになったことある？」

「いや、知りあいと呼《よ》べるほどの人はいなかったな。でも、何人か会ったことはある。黒人とはじめて会ったときのことは、おぼえているよ。兵隊さんでね、ガムをくれたっけ」父さんは、またにっこりした。

むかし韓国《かんこく》にいた黒人は兵士だけだったんじゃないか、というパトリックの話はあたっていると思う。そして父さんは、肌《はだ》の色がどうであれ、相手がいい人なら、それでかまわないようだった。でも母さんは……。もしかしたら運悪く、人のいい兵士と出会わなかったのかもしれない。

でも、今はそんなのどうでもいい。

ディクソンさんの家の玄関《げんかん》まえに立って、わたしが考えていたのは、母さんが黒人が好きではない理由じゃなくて、これからどうなっちゃうんだろう？　ということだった。

7 卵《たまご》を買うにはお金がいる

母さんは、かんぺきに気持ちをおしころした顔をしていた。

あの顔を見ると、わたしはいつも、仮面みたいな顔だなと思う。なにを考えてるかわからない。おだやかで、おちついてるけど、無表情《むひょうじょう》。父さんもそういう顔をすることがある。ふたりとも、相手に本心を見せたくないとき、そういう表情《ひょうじょう》をうかべる。

「ディクソンさん」母さんが呼《よ》びかけた。声まで作ってる。

「はい？」

ディクソンさんが、ちょっとふしぎそうな顔をした。ディクソンさんは短い白髪頭《しらがあたま》で、背《せ》の高さはうちの父さんと同じくらい。男の人としては中くらいの身長だ。

一瞬《いっしゅん》、みんなだまりこんだ。わたしにはそれが一年にも感じられて、思わず口をひらいた。

「わたしが、ジュリアです。きのう電話でお話ししました。ガソリンスタンドのモナさんが――」

「ああ、そうか、そうか！　これは失敬《しっけい》。いや、まさか、いらっしゃるのが――」

ついに母さんの無表情《むひょうじょう》が少しだけくずれた。母さんは少しおどろいたようすで、両方の眉《まゆ》をちょっとあげた。

「あら、きょうわたしたちがうかがうって、ごぞんじなかったんですか？　たしか、ジュリアがお約束したはずですが――」

「いやいや、そういう意味ではないのです」ディクソンさんは、笑いながら首をふった。「どうかおゆるしを。いえね、このおじょうさんと電話でお話ししたとき――」ディクソンさんは、わたしのほうにうなずいて、先をつづけた。「てっきり白人のかただと思ったものですから」

わたしは、あんぐりと口をあけてしまった。べつに、ディクソンさんがおもしろいことをいったわけでもないのに、笑いだしたくなった。

わたしのほうは、ディクソンさんが白人だと思いこんでいた。ディクソンさんがどういう人かなんて、伝えていなかったけど、たぶん母さんもそう思っていただろう。そうしたらディクソンさんはじつは黒人だったし、そのディクソンさんは、わたしたちが白人だと思っていた。ところが、こちらはパトリック以外、アジア人なんだから。

笑っちゃうと思わない？

「失礼しました」ディクソンさんがまたいって、ドアを大きくあけた。「どうぞお入りください。

桑《くわ》の木のことでいらしたんでしょう？」

わたしたちは、ディクソンさんの家の裏庭《うらにわ》にまわった。木は、その桑《くわ》の木一本だけで、フェンスぎわに植わっている。二階にとどくような大きな木ではなく、木の肌《はだ》は灰色《はいいろ》がかっていて、ごつごつしている。ちょうど、黄緑色の小さい葉っぱが出てきているところだった。

要するに、どこにでもありそうな、ふつうの木だ。

なんだか少しがっかりした。でも、がっかりした自分がばかみたいだとも思った。わたしったら、いったいどんな木だと思ってたんだろう？　葉っぱは金色で、木の幹《みき》は銀色、そしてルビーが実るとでも思ってた？

「この木は、十五年まえ、この家にこしてきたときからあったものです。でも手入れされていなかったらしく、ずいぶん細くて弱々しく見えました。丈《たけ》も小さくてね。桑《くわ》の木というのは、むだな枝《えだ》を切りおとして手入れしてやらないと、すくすく育たないのです。今はもう、手入れしているので元気ですよ。毎年、たっぷり実をつけます」

ディクソンさんはそういって、わたしとパトリックを見た。

「きみたちは、桑《くわ》の実のアイスクリームを食べたことがあるかい？」

「いいえ、ないです」わたしはいった。パトリックも首を横にふった。

ディクソンさんはにっこりした。

「あれは、世界一うまいアイスクリームだよ。でもきみたちは、ええと、実ではなく葉っぱがほしいんだね？」

「はい。カイコを飼《か》おうと思っていて。それで、桑《くわ》の葉がいるんです」

わたしが答えると、パトリックも横からいった。

「カイコのエサにするんです。カイコは桑《くわ》の葉しか食べないので。でも、この辺では桑《くわ》の木が見つからなくて、あちこちきいてまわったけど、ここのおうちにしかないみたいなんです」

ディクソンさんはうなずくと、考えるようにいった。

「ふうむ、カイコか。おもしろい。じつにおもしろい」

ディクソンさんは、とてもていねいにしゃべるけど、「おもしろい」の「お」を「ん」と発音するので「んもしろい」ときこえる。

「ぜひお手伝いしたいところだが、ひとつ気になることがあってね——葉っぱはたくさん必要なのかな？　丸はだかになると、木がいたむかもしれないから」

とっさに、スパイのジュリア・ソンが任務《にんむ》についた。

「そうですよね、木をいためるようなことはしたくありません」そういってから、わたしはパトリックにきいた。「カイコって、葉っぱをたくさん食べるんだよね」

パトリックは肩《かた》をすぼめながら首を横にふり、決まり悪そうな顔をした。

「いや、まだそこまで調べてなくて」

すると母さんがコホンとせきばらいをして、あいかわらずすきのない声でいった。

「さほどたくさんは食べないんですよ、ディクソンさん。わたしは子どものころカイコの飼育《しいく》を手伝ったことがあるんです。いつも下のほうの枝《えだ》から葉をつんでいました。木をいためないよう気をつけながら」

んもう。母さんたら、なんでわざわざそんなことというの？

ディクソンさんがまたうなずいた。

「なるほど。それなら、心配なさそうですね」

「ひとつ問題なのは……」母さんはいったん言葉を切り、きゅっと口を結んでから、また話しだした。「カイコには、新鮮《しんせん》な葉が必要だということなんです。しかも、一日に二度、エサをやります。ということは、子どもたちは、たびたびお宅《たく》へうかがうことになって、それが三週間ほどつづきます。ごめいわくかもしれませんね」

「わたしたち、ごめいわくはおかけしたくありません」わたしはいった。礼儀正《れいぎただ》しいよね。

パトリックが、なにいってるんだという顔で、わたしを見る。

「ああ、そうですね、奥《おく》さん。じつはそれもあって、ジュリアとお友だちに、あらかじめお目にかかっておきたかったんです。なにしろさいきんは、いろんなお子さんがいるでしょう。用心するに、こしたことはありませんから」

こんどは母さんがうなずいた。

「ええ、よくわかります」

「ですが、おじょうさんたちには、なんの問題もありません。いいお子さんたちだ。葉っぱがいるときには、裏門《うらもん》から入って、葉をつんで持っていっていいですよ。それなら、おたがいに世話がないでしょう」

「わあ、ありがとうございます、ディクソンさん！」パトリックが、半分さけぶようにいった。

「ありがとうございます」わたしもいった。ほかに、なにもいいようがない。

とりあえず今は、なりゆきにまかせるしかなさそうだ。スパイのジュリア・ソン、もどって出直し。のちほど、新しい作戦を立てること。

ディクソンさんは、桑《くわ》の木のほうへ歩いていくと、枝《えだ》の先に出てきたばかりの葉っぱを、よく見ていった。

「まだ、おそろしく小さいなあ」

すると、パトリックがいった。

「きょうは、まだ必要ないので、だいじょうぶです。まずは、カイコの卵《たまご》をとりよせないと。

葉っぱがいるようになるのは、もうちょっとあとだと思います」

「ディクソンさん、電話番号を教えていただけませんか。この子たちが最初に葉っぱをいただきにあがるとき、ジュリアに電話をかけさせますから」母さんがいって、バッグからペンをとりだした。

そういわれて、わたしははっと思いだした。

「ディクソンさん」

「なんですか、ジュリアさん」

おとなみたいに「さん」づけで呼《よ》ばれて少し顔がほてったけど、どうしてもきいておきたいことがあった。

「モナさんからきいたんですけど、ディクソンさんは、うちの電話番号をメモしていかなかったんですよね。どうして電話をかけられた——っていうか、どうやって番号がわかったんですか？」

するとディクソンさんは、ふふっと笑った。

「ああ、あれね。ゲームみたいなものだよ。チラシを見たとき、暗記したんだ。ちょっとした記《き》憶術《おくじゅつ》でね。たとえば、おたくの番号だったら、うしろの四けたが二一三九だから、二たす一は三、三かける三は九と、おぼえればいい」

「うわあ、すごい！」パトリックが感心した。

ディクソンさんは、「ありがとう」というように、パトリックに軽くおじぎした。

「数字を、絵だと考えて、おぼえることもあるよ。とにかく、番号を見て思いついたことを利用するんだ。頭の回転を保《たも》つトレーニングになるからね。この年になると、ありとあらゆる方法で頭をきたえないといけない」

そのあとわたしたちは、家に帰ることにした。ディクソンさんの電話番号のメモは、ポケットにちゃんとしまってある。車に乗ると、パトリックがメモを見せてといった。紙をわたすと、数秒間見てからわたしに返し、窓《まど》の外をじっと見つめている。

なにをしているかは、すぐにわかった。番号をおぼえようとしているんだ。


うちに帰ると、パトリックはパソコンに直行して、なにか打ちはじめた。

「なにやってんの？」

「カイコの卵《たまご》を注文するんだ。桑《くわ》の葉が見つかったから、いよいよ研究開始だよ」

パトリックは、うちを差出人の住所にして、手紙をプリントアウトすると、自分だけでなく、わたしにもサインさせた。

「これでよし。あとはお金だけだ」

とつぜんパトリックは、下をむいて、手紙をおりたたみはじめた。わたしと目をあわせなくてすむようにだ。

パトリックは、たいていいつも、お金がない。高校生になるまでは、おこづかいなしというのが、お父さんとお母さんの方針《ほうしん》なのだ。

近所の家でアルバイトは少しだけしていて、夏は芝生《しばふ》の手入れ、秋は落ち葉はき、冬は雪かきをするし、七月の誕生日《たんじょうび》やクリスマスに、お祝いがわりのおこづかいをもらうこともある。でも春は、パトリックが一年じゅうで、いちばんお金がない季節だ。

うちの家族だって、べつにお金持ちじゃない。エミリーの家族みたいに、お屋敷《やしき》に住んでいて、庭にプールがあって、学校が休みになるたびに、すてきなところへ旅行に行くなんていうのとは、ぜんぜんちがう。

でもわたしは、月に十ドルおこづかいをもらっているし、通りぞいの家二か所で、ベビーシッターのアルバイトもしている。だから、たいていいつも、パトリックよりお金がある。

パトリックは、ときどきはずかしそうな顔をすることもある。

たとえば、いっしょに映画館《えいがかん》に行って、お金がないとき、わたしがチケット代をはらおうとすると、パトリックはかならず「今だけ借りるね」という。そして、かならず返してくれる。返すまでにだいぶ時間がかかることもあって、去年の三月に映画《えいが》を見にいったときは、夏に芝生《しばふ》の手入れのバイトをするまで、返せなかった。それでも、返しわすれることは、ぜったいにない。

「いくらかかるの？」わたしはきいた。

「卵代《たまごだい》は十ドルですむんだけど、速達で送ってくるから、送料が高いんだ。送料もあわせると、二十二ドルになる」

うわあ。それはけっこう高い。

わたしの貯金箱には、十二ドルある。母さんはきっと、十ドルかしてくれるだろう。今週と来週でわたしはベビーシッターのバイトを二回することになっているし、四月のおこづかいもあるから、それで返せる。パトリックだって、お金が入ったら、自分の分をはらってくれるはずだ。

でも、今ある貯金をぜんぶはたいて、さらに借金までして、やりたくもない研究のためにお金をはらう？

そんなのいやだ、とわたしは思った。

そのとき、はっと思いあたった。

卵《たまご》が買えなければ、おしまいだよね。

卵《たまご》がなければ、カイコの研究はなし。

桑《くわ》の木をさがしていたときは、だれかがどこかで見つけてきてしまうんじゃないかと、ずっと心配だった。――マクスウェル先生が、桑《くわ》の木のある人を知っているかもしれないし、パトリックが緑の古いフォードを見つけるかもしれないし、というぐあいに。でも、卵《たまご》はちがう。卵《たまご》がなければ、どうにもならない。

スパイ、ジュリア・ソン、自由研究にとどめをさす。


わたしは、せきばらいした。

「わたし、十二ドルしか持ってないんだよね」

パトリックの顔が赤くなった。

おたがいにだまっていて、すごく気まずい。

パトリックが、自分の分のお金をすぐに用意するのは、ぜったいにむりだ。お父さんやお母さんに、自分から、おこづかいがほしいとお願いすることは、まずない。パトリックの家は、子どもが多くて、あまり余裕《よゆう》はないから。

そして、足りないお金を母さんから借りようかと、わたしが自分でいいださないかぎり、パトリックのほうからたのんでくることは、ありえない。

「えっと……この手紙送るの、しばらく延期《えんき》したほうがよさそうだね。ちょっと……もう少しようすを見るよ」パトリックは、ぼそぼそいうと、手紙を持って、二階へあがった。たぶん、手紙をリュックにしまったんだろう。それから、またおりてきた。

「そろそろ帰るね。おばあちゃんを手伝って、ちびたちのめんどうを見なくちゃならないから」

パトリックは、わたしと目をあわせずにいって、そのまま帰った。

二日連続、キムチなしで。


夕飯のとき、わたしが水をおかわりしに席を立ったすきに、ケニーが、わたしのご飯にキムチをうめこんだ。わたしはすぐに気がついたけど、なにもいわなかった。ただ、だまってキムチをとりだし、お皿のはしに置いた。

わたしがさわぎたてないのを見て、ケニーはびっくりしている。それでも「ジュリアはキムチがきらいー、ジュリアはキムチがきらいー」と歌って、大きなキムチをひと切れとると、頭をのけぞらせ、口をぽっかりあけてから、そのなかにキムチを落とした。

「うーん、うまーい」

大ばかもののケニーは、口をあけたまま、くちゃくちゃと音を立ててキムチをかんだ。気持ち悪いったらありゃしない。この子、ほんとに脳《のう》みそがとけてるんじゃないの。

でもきょうは、ケニーにかまう気になれなかった。頭にうかぶのは、きょうの夕方のパトリックのことばかり。

食事が終わり、父さんの手伝いをしてお皿の片《かた》づけをすませると、わたしは自分の部屋へもどり、ベッドにすわって考えた。

考えれば考えるほど、腹《はら》が立ってきた。

わたしは、パトリックにうそをついたわけじゃない。それはたしかだ。ほんとうに十二ドルしか持ってないんだもの。

しかもそれは、わたしたちが必要な二十二ドルの半分以上だし、残りは、パトリックがはらう分だし、パトリックがお金を持ってないのは、わたしのせいじゃないんだから！

たしかにわたしは、心のなかではカイコの研究をやりたくないと思っている。でも、それも関係ない。やりたくない自由研究って、ちょうど、人からつまらないプレゼントをもらったみたいなものだ。そういうときふつう、「うわあ、つまらないプレゼントだね」なんて、ほんとのことはいわない。相手が気を悪くしないように「わあ、すてき！　ありがとう！」とかなんとか、いうはずだ。

わたしが、カイコの研究をやりたくないのに、やりたいようなふりをしているのも、それと同じ。

そう思わない？

8　このままじゃいけない

翌朝《よくあさ》、パトリックは、ふだんどおりうちにきた。わたしたちは、いっしょに学校へむかったけど、やっぱり気まずくて、学校に着くまで、ほとんど口をきかなかった。理科のテストがある予定なのに、パトリックは、動物の分類の問題を出しあおうともいわなかった。

学校では、わたしとパトリックがいっしょになる授業《じゅぎょう》は、ほとんどない。先生も教科書も宿題もいっしょだけど、時間割《じかんわり》はべつべつだ。きょうは、五時間めのコンピューターの授業《じゅぎょう》だけ、いっしょになる。

一時間めは理科だった。テストは、だいたい答えられたので、ほっとした。まえの晩《ばん》、パトリックとテスト勉強をしていなかったから、心配だったんだ。

でも、テストがあったのが一時間めでよかった。二時間めぐらいから、学校のようすがおかしくなっちゃったから——ううん、ちがう。学校は、いつもどおりだった。おかしくなったのは、わたし自身だ。

二時間めは社会。南アメリカの国々の、お金の単位を勉強した。ペソが使われている国が多くて、アルゼンチン、チリ、ウルグアイ、コロンビアがそうだ。ブラジルはレアル。ボリビアはボリビアーノ。

三時間めは数学。方程式の文章題をやった。

「サムは時給三ドルで、週に十時間はたらきます。ジョーは時給五ドルですが、週に三時間しかはたらきません。サムが十週間はたらくとすると、サムと同じ金額《きんがく》をかせぐために、ジョーは何週間はたらけばよいでしょうか」

三時間めが終わると、昼休みだ。食堂でお金をはらってランチを買い、おつりで二十五セントコインを三枚《まい》もらった。コネチカット州のは、なし。やっぱりね。

わたしはだんだん、お金にとりつかれてるような気がしてきた。

なにをやっても、お金のことばかり。

どの授業《じゅぎょう》でも、昼休みになっても、なにかしら「お金」が出てくるから、自分がパトリックにしたことを思いださずにいられない。時間がたてばたつほど、悪いことをしちゃったかもっていう気持ちが大きくなる。

「そんなことといったって、パトリックに、半分はらってほしいと思うのはあたりまえだし、わたしはパトリックに、なにもうそはついてない」と、何度も自分にいいきかせなくてはならなかった。

四時間めの国語の時間になって、ようやくほっと息をついた。国語にお金の話は出てこないだろう。きょうは、『青いイルカの島』（米国の児童文学作家スコット・オデルの作品）という本を読んで思ったことを発表しあう。

主人公のカラーナという少女は、無人島にたったひとりでとりのこされてしまい、生きていくのに必要なものを、ぜんぶ自分で作らなくちゃならない。小さな家も、魚をとる道具も作るし、服だって、動物の毛皮や鳥の羽を使って作る。

だから、お金は必要ない。

うわっ！　わたしったら、お金の話なんて出てきてないのに、お金のことを考えてる……。

コンピューターの時間が来るころには、もう、わけがわからなくなりそうだった。わたしはこれから一生ずっと、ものを買うのにお金を使う。そして、お金を使うたびに、自分がパトリックにしたことを思いだすんだ。

一生、うしろめたい気持ちで生きていかなきゃならない。

コンピューター室に入って席に着くとすぐ、わたしはパソコンをいじりはじめた。文字を打ちこんだり、マウスをクリックしたりして、パトリックが入ってきても気づかないふりをした。

コンピューターの授業《じゅぎょう》では、このところホームページの作りかたを教わっていて、この日は、メールアドレスのリンクをはる方法を学ぶことになっていた。モラン先生は、うまくできない子たちを見るのにいそがしかったので、わたしはしばらくひとりで考えごとをすることにした。

そもそもなぜ母さんは、カイコの研究をしたらいい、なんていいだしたんだろう？　そして、なぜパトリックは、あんなに乗り気になっちゃったの？　どうしていつも、わたしの考えをきかずに、どんどんのめりこんじゃうの？　なぜ、もっとほかの研究テーマを気に入ってくれなかったんだろう？

おまけに、どうしてマクスウェル先生まで、カイコの研究に乗り気なの？　そして、なんでディクソンさんの家に桑《くわ》の木があるわけ？　まるで、だれもかれもがいっしょになって、わたしをこまらせようとしているみたい。

だったら、それに立ちむかう作戦を実行するしかないじゃない。

でも、今わたしがしていることは、気に入らないプレゼントに「わあ、すてき！」とおせじをいうのとは、わけがちがうことも、頭のすみではわかっていた。だって、プレゼントの場合は、相手にいやな思いをさせないように、おせじをいうんだもの。

いっぽうわたしは、パトリックにいやな思いをさせている。

この上なくいやな思いを。

これじゃ、本人の目のまえで「パートリックはびんぼう、パートリックはびんぼう」とはやしたてるのと、変わらない。頭のなかに、そうやってパトリックをからかういじわるな声が、くりかえしひびいた。

わたし自身の、とってもいじわるな声が。

わたしはうでを組んで、ぎゅっとおなかにおしあてた。それから、ほんのちょっと身をのりだして、コンピューターごしに、パトリックのようすを見た。

パトリックは、むこうの列にすわっている。頭のうしろしか見えないけど、それを見たら、ますます自分がいやになった。

わたしは、パトリックをみじめな気持ちにさせたんだ。それも、わざと。

友だちに対して、なんてひどいことをしてしまったんだろう。

カイコの研究が韓国《かんこく》っぽすぎるってだけで。

しかもパトリックは、カイコが韓国《かんこく》っぽいとは思っていないみたいだ。マクスウェル先生も。

ふたりがそう思わないのなら、もしかして、ちがうのかもしれない。

わたしがまちがっていたのかな。

ううん、やっぱりわたしの感覚が正しい。カイコを飼《か》うのは、韓国《かんこく》っぽくて、ふつうの自由研究とはいえない。それだけはたしかだ。

もうひとつたしかなことがある。わたしはスパイにむいてない。

思ってるのと正反対の行動をとるのって、だんだんうまくできるようになるものだと思っていた。もちろんたまには、本心をかくしてしゃべるのがうまくいったりして、楽しいと感じることもあった。

なのに、こんなことになるなんて。パトリックを傷《きず》つけてしまった今は楽しくもなんともない。

なんとかしないと。

わたしはメールソフトを立ちあげて、文字を打ちはじめた。

差出人：Songgirl@ezmail.com
宛先《あてさき》：Patrick345@ezmail.com
日時：3月29日14時12分
件名《けんめい》：楽農《らくのう》クラブの自由研究のこと

ごめん、わすれてた。来月のおこづかいを、母さんに前借りできるかも。それなら、卵《たまご》のお金足りるよね。

返すのはいつでもいいよ。

J《ジェイ》より

送信ボタンをおして、またちょっと身をのりだし、パトリックの後頭部を見つめた。

そうすると、すぐにパトリックが、いすをくるりとまわして、こっちを見た。わたしは、軽くうなずいた。パトリックは、にこりともしなかったけど、うなずきかえして、「いいね」と親指を立ててみせた。

わたしは姿勢《しせい》をもどし、また自分のディスプレイを見つめて、ほーっとため息をついた。まるで、胃のなかにあった大きな結び目が、ようやくほどけたみたいだった。

スパイ司令部への極秘《ごくひ》メッセージ。ジュリア・ソンは作戦を中止。すでにつぎの任務《にんむ》にあたっている。

新しい任務《にんむ》は、「カイコを育てよ」。

帰り道、パトリックがいった。

「ぼく、まだあの手紙、持ってるよ。きょう、送っちゃおうか」

家に帰ると、わたしは母さんに、四月分のおこづかいを前借りさせてほしいとたのんだ。そして、貯金箱の十二ドルをわたすと、母さんは、カイコの卵《たまご》をとりよせるのに必要な、二十二ドル分の小切手を書いてくれた。

パトリックとわたしは、それを手紙といっしょに封筒《ふうとう》に入れて、角の郵便《ゆうびん》ポストまで歩いていった。

「卵《たまご》がとどくのが待ちどおしいな」パトリックはそういって、手紙をポストに入れた。

「待ってるあいだに、やることがたくさんあるよね」と、わたし。

先週パトリックは、カイコの本を借りに、図書館へ行った。見つかったのは、二冊《さつ》だけ。一冊《さつ》は、カイコの一生について書かれた、小さい子むけの絵本で、写真もたくさんのっている。もう一冊《さつ》は「養蚕《ようさん》」をはじめたい人むけの、とても古い本。字がすごくこまかいし、専門的《せんもんてき》なことだらけで、とても読めるとは思えないけど、パトリックは、なにがなんでも読むつもりらしい。絵本のほうは、わたしも読んだほうがいいといって、うちに置いていった。

べつにわたしは、いきなりがらりと気持ちが変わったわけじゃない。いまだにカイコの自由研究に、心から乗り気にはなれない。でも、パトリックとケンカしないでいるために、やるだけの価値《かち》はあると思う。だから、できるだけがんばるつもり。

少なくとも、カイコからとれた糸で刺繍《ししゅう》をするのは、楽しみだ。

そんなわけで、卵《たまご》がとどくまでのあいだに、パトリックはもう少しカイコのことを調べ、わたしは刺繍《ししゅう》の練習をしておくことになった。

わたしは母さんから、さらに二種類ステッチを教わった。アウトラインステッチと、サテンステッチだ。

アウトラインステッチは、絵柄《えがら》のりんかくを刺繍《ししゅう》するときに使う、とてもむずかしいステッチだ。表から見ても裏《うら》から見てもきれいに見えるように刺《さ》すのが、むずかしい。こまかいぬい目にしたほうがきれいに見えるんだけど、なかなか進まなくていらいらする。三十分ぐらいずっとうつむいたまま作業して、首がバキバキになるほどがんばっても、ほんの二センチぐらいしか進まない。

サテンステッチは、絵柄《えがら》のなかを色でうめるのに使う、いちばん大切なステッチ。つまり、なにか絵を刺繍《ししゅう》するなら、ほとんどの部分がサテンステッチになる。サテンステッチは、アウトラインステッチよりも大きな針目《はりめ》で刺《さ》せるから、ちょっと楽しい。でも、やっかいなところもあって、糸のひっぱりかげんが、ちょうどよくないといけない。強すぎると生地にしわが寄ってしまうし、弱いと糸がたるんでしまう。

はじめのうちは、母さんに、ときどきできばえを見てもらった。すると母さんは、なかなかよくできてるわねといいながら、かならずなにかしら、だめなところを見つけた。針目《はりめ》の大きさがそろっていないとか、線がきれいじゃないないとか。

「針《はり》を布《ぬの》に刺《さ》したりぬいたりするだけなら、だれでもできるの。ほんとうに刺繍《ししゅう》がじょうずになりたければ、こまかいところに気をくばらないと。こまかなひと針《はり》ひと針《はり》のつみかさねで、大きな絵ができあがるんだから」

わたしの場合、糸をほどくほうが多かった。五針刺《はりさ》してできばえを見、ひっくりかえして裏側《うらがわ》も見ると、だいたい最後のふた針《はり》は、ほどいてやりなおすはめになる。でも、ふしぎなことに、やりなおしもあんまりいやじゃない。

ふだんわたしは、やりなおしがだいきらいなんだから、おかしな話だ。宿題の作文が書きなおしになるとうんざりするし、もっと小さいころ、大ばかものの弟に、わたしが作ったつみきとかブロックをこわされたときも、作りなおすのがほんとにいやだった。

でも、刺繍《ししゅう》はちがう。刺繍《ししゅう》するのがすごく好きだからだと思うけど、少しでも針目《はりめ》がばらつくと気になって、やりなおすのが楽しいくらい。

刺繍《ししゅう》の練習をしていないときは、小さな下絵をいくつもかいた。刺繍《ししゅう》のアイディアを練るため――絹糸《きぬいと》がとれたとき、どんな図案を刺繍《ししゅう》するか、決めるためだ。

この日も、夜ねるまえに、自分の部屋で、下絵をかいていた。

母さんが刺繍《ししゅう》した花がとってもきれいだから、わたしも花にしようかな。そこで、花を一輪かいてみた。まず、くきをかいて、先っぽに花びらを五枚《まい》。

すっごく平凡《へいぼん》。つまらない絵。

そこで、もっといろいろな花をかいてみた。バラ、スイセン、チューリップ。でも、おもしろくない。

やっぱり花びら五枚《まい》の花をかくことにして、花びらの形を変えてみた。丸い花びら、楕円形《だえんけい》の花びら、細長いの、三角の……。三角の花びらを五枚《まい》つけた花は、なんだか星みたいに見える。

そう思ったとたんに手がかってに動いて、こんどは星をかきはじめた。まずは紙から鉛筆《えんぴつ》をはなさずにひと筆書きの星。

つぎに、内側の線はかかずに、星のりんかくだけかいてみた。こっちのほうがずっとむずかしい。四つかいてみたけど、みんないびつな形になってしまった。

もうひとつ星をかこうとして、なぜか、アメリカの国旗は、一列にいくつ星があったっけと、ふと思った。一列にならべてかいたせいかもしれない。すぐに調べる気はないけど、こんど国旗を見たらたしかめよう……。

国旗?

国旗だ!

アメリカの国旗を刺繍《ししゅう》すればいいじゃない! カイコからとれた糸で。そうすれば、この自由研究がアメリカっぽくなる。

わたしは、ベッドから飛びおりて、母さんをさがしにいった。母さんは、洗面所《せんめんじょ》で歯をみがいていた。

「ねえ母さん、カイコからとれた糸って、染《そ》められる？　三色必要なんだけど――あ、糸はもと白いんだっけ？　じゃあ二色。赤と青だけでいいの。アメリカの国旗を刺繡《ししゅう》したいんだ。糸を染《そ》める薬って、売ってるかな。ほら、母さんがしぼり染《ぞ》めに使うようなやつ。国旗なら、そんなにむずかしくなさそうだし――」

うはっ。わたしったら、興奮《こうふん》したときのパトリックみたいになっちゃってる。鏡のなかの母さんは、口が、歯みがき粉の白いあわでいっぱいだ。

「ちょっと待って」

母さんは、あわを吐《は》きだして口をゆすぎ、歯ブラシを片《かた》づけてから、ふりむいてこちらを見た。

「糸を染《そ》めるのは、できないことはないと思うけど、わたしはやったことがないの。わたしのおばあちゃんは、糸を作っていただけで、とれた糸は、よそに送っていたから、染《そ》めたり織《お》ったりするのは、うちではやったことがないのよ」

「ああ、そうなんだ」わたしはちょっと考えた。「でも、やってみることはできるよね」

「それはそうね。でも、もうひとつ。アメリカの国旗って、刺繡《ししゅう》するのがとってもむずかしいの。とくに、ある程度《ていど》大きなサイズで作るつもりならね」

「レポート用紙の半分ぐらいの大きさって考えてたんだけど、どうかな？」

「あのね、しまもようって、ようするに細い長四角をつらねたものでしょう？」母さんは、指で宙《ちゅう》にしまもようをかいた。「それって、きれいに刺繍《ししゅう》するのがいちばんむずかしい図形のひとつなの。とくに、初心者にはおすすめしないわ」母さんは、首を横にふりながらいった。

そんなぁ。

「たくさん練習するから」と、わたし。

「むりよ、ジュリア。もっと小さい図案になさい。花を刺繍《ししゅう》すると失敗が少ないのは、そういうわけなのよね。花びらも小さいし、葉っぱも小さいでしょう。サテンステッチというのは、糸でうめる範囲《はんい》が小さいほうが、ずっときれいで見ばえがいいの」

そんな、そんなぁ。

母さんはスポンジを手にとって、洗面台をそうじしながら、いった。

「心配しないの。きっと、なにかいいことを思いつくわよ」

わたしは、少しがっかりして、部屋にもどった。

でも、完全に落ちこんだわけじゃない。目のつけどころは悪くないと思う。国旗じゃなくてもいいから、なにかすごくアメリカっぽいものを刺繍《ししゅう》すれば、カイコ部分の韓国《かんこく》っぽさと、うまくつりあいがとれるはずだ。

よくよく考えてみたら、やっぱり、国旗はそんなにいい考えじゃないかもしれないと思えてきた。オリジナルとはいえないもの。自分でデザインしたわけでもないし。国旗を刺繍《ししゅう》したら、よその人が考えた図案を、そのまま使うことになってしまう。

ふう。なにかいいアイディアはないかなあ。


いっぽうパトリックは、アイディアがつぎつぎとあふれてくるらしい。つぎの日の帰り道、ほとんど息もつかずにしゃべりつづけた。

「ねえ、ジュールズ、こうしたらどうかな。ビデオカメラを借りてくるんだ。で、卵《たまご》がとどいたらセットして、毎日三十秒か一分ぐらいずつ撮影《さつえい》するんだよ。そうすれば、ちっぽけな卵《たまご》のときから最後までを、つづけて記録できる」

「わ、それはすごいアイディアだね」

「あと、ふつうの写真もとって、一冊《さつ》のファイルにまとめよう。そうすれば、ビデオが見られないところでも、どんな研究をしたのか、見てもらえるから」

そこからは、なにもかもがトントン拍子《びょうし》に進んだ。

まず、マクスウェル先生が、コミュニティセンターのビデオカメラを借りられるように、たのんでくれた。パトリックは、お父さんからふつうのカメラを借りてくることになった。

うちの父さんは、裏《うら》のポーチに置いてあったバーベキューグリルを地下室におろして、カイコを置く場所を作ってくれた。それに、地下室から、古い水そうも持ってきてくれた。独身《どくしん》のころ、父さんは、熱帯魚を飼《か》うのが趣味《しゅみ》だったんだ。この水そうで、カイコを飼《か》えばいい。

わたしたちはマクスウェル先生から、農場にころがっていた材木の切れはしをいくつかもらい、パトリックの両親からは、古くてよれよれになった網戸《あみど》の網《あみ》をもらった。つぎの楽農《らくのう》クラブの集まりのとき、わたしは、もらった材木で枠《わく》を組みたて、木工用ホチキスで網《あみ》をとめて、水そうのふたを作った。こうすれば、カイコはたっぷり空気が吸《す》えるし、にげだす心配もない。

ディクソンさんの電話番号のメモは、わたしの部屋のコルクボードに、画びょうでとめてあるけど、パトリックはいらないという。暗記したんだそうだ。

「五五五―五〇八八だよ」と、パトリックは、なにかにつけていった。「五〇はアメリカの州の数。八八はパッパと花火があがるようす。五十州と独立《どくりつ》記念日の花火を思いうかべればいい」

というわけで、準備《じゅんび》はばっちり。あとは、卵《たまご》が来るのを待つだけだ。

9　カイコの卵《たまご》がとどいた！

パトリックの見こみでは、わたしたちが郵便《ゆうびん》で送った注文書が会社にとどくのに、二、三日かかる。そして、会社のホームページには、注文を受けてから、一週間から十日で発送します、とある。つまり、卵《たまご》がとどくのは、およそ二週間後ってことだ。

そうしたら、ぴったり二週間後にとどいた。

水そうのふたを作った翌週《よくしゅう》、楽農《らくのう》クラブの集まりからの帰り道、わたしたちが角をまがって家のまえの通りに入ったとたん、歩道で待ちかまえていたケニーがさけんだ。

「お姉ちゃん！　イモムシが来たよ！　きょう、イモムシがとどいたよ！」

わたしたちは、だっとかけだし、パトリックが二歩早く玄関《げんかん》に着いた。わたしのすぐあとから、大ばかものもついてくる。

「ねえ、見せて！　ぼくも見たい！」

厚紙《あつがみ》でできた真四角の箱が、キッチンのテーブルの上にのっていた。メロンが入るくらいの大きさだ。

母さんも見にきた。わたしは、パトリックに箱をあけてもらい、自分はケニーのまえに立ちはだかって、パトリックを守った。気をつけないと、大ばかものに、一瞬《いっしゅん》で卵《たまご》をつぶされちゃう。

箱のなかには、発泡《はっぽう》スチロールの粒《つぶ》が、山のように入っていた。パトリックがそれをそうっと、そうっとかきわけて、発泡《はっぽう》スチロールの小さな四角い箱を見つけた。まんなかをぐるりとテープでとめてある。

パトリックは、とてもこわれやすいものでも持つみたいに、指先でその箱をとりだすと、わたしのほうへさしだした。

「はい。ジュリアがあけなよ」

パトリック、やさしいな、とわたしは思った。テープをはがすと、発泡《はっぽう》スチロールの箱は上下にわかれた。なかに、透明《とうめい》なプラスチックの筒《つつ》、というか、小さな試験管のようなものがおさまっていた。キャップがはめてある。

わたしは、パトリックに見えるよう、試験管を持ちあげた。なかに入っている卵《たまご》は、小さな黒い種みたいに見えた。

「まだどれも孵化《ふか》してないね」パトリックが、ほっとした声でいった。

そのとき、ケニーがわたしのうでをひっぱった。

「お姉ちゃん、見せて、見せて！」

「ケニー！　やめてったら！」うでをぐいとひきもどす。

するとパトリックがいった。

「ねえ、ケニー、見せてあげるけど、まずはさわらないって約束しなきゃだめだよ」

むりに決まってるでしょ、とわたしはいいかけたけど、ケニーが両手を自分のうしろにまわしていった。

「さわらない。ぜったいさわらないってば。見るだけ」

パトリックは、わたしの手から試験管をとって、ケニーの目の高さに持っていった。ケニーは、口をとがらせた。

「イモムシじゃないじゃん」

なにいってんの。

「あったりまえでしょ。これは卵《たまご》。卵《たまご》がかえらなきゃ、イモムシは出てこないの」

パトリックは、試験管を発泡《はっぽう》スチロールの箱にもどして、いった。

「とりあえず、箱ごと冷蔵庫《れいぞうこ》にしまっておこう。エサをもらってこないと、卵《たまご》はとりだせない」

卵《たまご》を大切に冷蔵庫《れいぞうこ》にしまってから、パトリックはまず、箱に入っていた説明書を読んだ。それによると、桑《くわ》の木からつんできた葉っぱは、ビニールぶくろに入れて五日間保存《ほぞん》できるらしい。

「つまり、ディクソンさんの家に、毎日行く必要はないってことだね。一度に五日分もらってくればいいいんだ」

「五日分って、何枚《なんまい》？」わたしはきいた。

「それは、カイコの大きさによって変わる。卵《たまご》からかえったばかりのときは、とても小さいから、ほとんど食べない。大きくなるにつれ、食べる量も増《ふ》えていく。どれくらい増《ふ》えるかは、じっさいに育ててみてようすを見るしかないね」

いよいよ、ディクソンさんに電話をするときが来た。

「五十州パッパだよ」パトリックは、にやっとした。


ディクソンさんは電話で、いつでもどうぞといってくれた。桑《くわ》の葉が必要なときに、呼《よ》び鈴《りん》を鳴らさずに裏門《うらもん》から入って、とっていってもかまわないそうだ。ディクソンさんがるすのときでも、そうしていいといってくれた。

電話を切ると母さんが、どうだった？　ときいてきたので、ディクソンさんとのとりきめを話した。

「そう。とにかく、よけいなことをせずに、必要な分だけいただいてきなさい。あちらに、ごめいわくをかけないように」

そういって、母さんはまたあの、なにを考えているかわからない顔をした。もしかするとほんとうに、わたしたちがディクソンさんのじゃまをしないよう、いってくれているだけなのかもしれない。

でも、ひょっとすると、あまりディクソンさんと話したりしてほしくないのかも。じゃましないようにいってるだけだといいなと思ったけど、無表情《むひょうじょう》だから、ほんとうの気持ちがわからない。

気持ちがわからないのって、いやだ。

はじめての日は、葉っぱを十五枚《まい》もらうことにした。一日三枚《まい》で、五日分だ。

「五日たつと、もう葉っぱが古くなっちゃうんだ。カイコは水を飲まずに葉っぱから水分をとるから、ひからびた葉だと役に立たないんだよ」パトリックが説明した。

ディクソンさんの家では、なにもかもスムーズに進んだ。

わたしたちは、ひとつの枝《えだ》から二、三枚《まい》だけ葉っぱをとるよう気をつけて、二、三分後にはまた、裏門《うらもん》から外に出た。ディクソンさんとは、顔をあわせなかった。ちょっと残念。ディクソンさんの話しかたが好きなのに。

家に帰ると、わたしたちは葉っぱを三枚《まい》とって、残りは冷蔵庫《れいぞうこ》の野菜室にしまった。卵《たまご》についてきた説明書には、卵《たまご》を入れるのに、ペトリ皿を使うようにと書いてあるけど、うちにはそんなものはない。そこで母さんから、もう使わなくなったガラスの深皿をもらった。

わたしはまず、母さんの鉢植《はちう》え用のきり吹きで、コーヒーのペーパーフィルターをしめらせた。それを深皿にしいて、フィルターの上に桑《くわ》の葉を三枚《まい》ならべる。これも説明書に書いてあるんだ。卵《たまご》がかえらないうちは、エサはいらないんだけど、卵《たまご》も葉っぱの上に置かれたほうが、自然のなかにいるみたいに感じられるのかな。

それからパトリックが、卵《たまご》の試験管をとりだし、キャップをはずして、卵《たまご》を葉っぱの上に出した。あんまり小さくて数えられないけど、二十五個《こ》よりは、ぜったい多い。

「予備《よび》で、多めにくれるのかもね」パトリックはいった。

ふたりで深皿を水そうに入れ、わたしが網戸《あみど》で作ったふたをしめた。

パトリックがいった。

「卵《たまご》からかえってもしばらくは、動きまわれないんだ。はじめのうちは、とても力が弱いから。でも、いつもふたをしめるようにしておいたほうがいいよね。そのうち、水そうからはいだせるようになるかもしれないし」

わたしは、ふたを少しゆすって、ぴったりしまっていることをたしかめた。それからふたりでしゃがんで、ガラスのなかをのぞきこんだ。

水そうは、まだがらんとしている。底に深皿が置いてあって、そのなかにペーパーフィルターと葉っぱがしいてあるだけ。卵《たまご》は、目をこらさないと見えない。

全体的に、地味。

あまりりっぱな研究には見えない。

パトリックも同じことを思ったみたいだけど、そうはいっても、うれしそうだ。

「すごいよ。ビデオで撮影《さつえい》するにはもってこいだ。今は、たいしたことなさそうに見えるけど、その分だけ、日がたつと、ちがいがはっきりわかるんじゃないかな」

パトリックは、ぴょんと立ちあがった。

「ビデオカメラを準備《じゅんび》しなきゃ。いや、そのまえに、ひとつやることがある。ジュールズ、ケニーを呼《よ》んできて」

「ええっ？」わたしは大声をあげた。「パトリック、なにいってんの？　あの子は、できるだけ遠ざけておかなきゃだめだよ！」

この研究が終わるまで、ケニーを火星にでも送りたいくらい。そう思ったとき、わたしは、少しまえまで、自分がスパイのつもりになっていたことを思いだした。スパイのジュリア・ソンが、まだカイコの研究を中止させる作戦を担当《たんとう》していたとしたら、ケニーが研究をひっかきまわすのを、よろこんで見てるだろうな。

でも、スパイごっこは、もう終わり。たしかにわたしは今も、カイコの研究にすごく乗り気ってわけじゃないけど、刺繍用《ししゅうよう》の糸を作るためには、カイコをちゃんと育てないといけないと思ってる。

じつは、自分たちで糸を作ってそれで刺繍《ししゅう》をするというのは、なかなかいい思いつきなんじゃないかと思いはじめていた。

マクスウェル先生からは、羊を育てて、その羊毛でセーターを編《あ》んだ女の子の話もきいたことがある。でもその子は、刈《か》りとった羊毛をつむいで毛糸にするところは、べつの人にやってもらったらしい。ってことは、自分たちの手で糸をつむげば、審査員《しんさいん》にすごいと思ってもらえるんじゃないかな。

だから、カイコを守らないと。とくにケニーから。

でも、パトリックはにやりと笑って、こういった。

「まあ、見ててよ」

ケニーがポーチにやってきた。

「ケニー、手伝ってほしいことがあるんだ」パトリックはいった。

わたしは口をひらきかけたけど、そのとたん、パトリックにじろっとにらまれた。そんなことはめったにないから、ここは、おとなしく話をきいたほうがよさそうだ。

パトリックが、ケニーに話しかけた。

「この卵《たまご》、わかるよね。これからイモムシが生まれるんだ」

ケニーはうんうんとうなずいた。

「知ってる、知ってる」

「それでね、卵《たまご》にとって、寒さは大敵《たいてき》なんだよ。今は春だけど、まだときどき寒い日があるよね。あんまり寒くなると、卵《たまご》は死んじゃうんだ」

パトリックは、父さんがポーチにつるしてくれた温度計を指さした。

「ケニーはたいてい、ぼくやジュリアより早く、学校から帰るだろう。だから、お願いがあるんだけど、いいかい？　家に帰ったら、毎日、温度を調べてほしいんだ。真ん中の赤い線が、このめもりまでさがってきたら……」と、摂氏《せっし》十度のめもりを指さしながら、説明をつづける。「お母さんに知らせてくれないかな。すぐにだよ。そして、お母さんに、水そうを家のなかに入れてって、お願いするんだ」

パトリックは、まじめな顔で、ケニーを見つめた。

「ケニー、これは、生きるか死ぬかの大切なことだからね。寒いところにほんの十五分置きっぱなしにしただけでも、卵《たまご》は死んでしまうから」

ケニーも、真剣《しんけん》な顔でうなずいた。

「ぼく、わすれないよ。ちゃんと毎日調べるって約束する」

「自分で水そうを動かそうとしちゃだめよ。重くてあんたには持ちあがらないんだからね」

わたしが口を出すと、パトリックは「いやいや」というように、手をひらひらさせた。

「そんな心配しなくてもいいよ。ケニーは、卵《たまご》をだめにするようなことはしないから」

パトリックったら、どうかしちゃったんじゃない？　これまでに何百回も、いろんなものをケニーにめちゃくちゃにされて、やりなおしたことがあるのに、わすれたの？

「そうだよお姉ちゃん。ぼくだってばかじゃないんだから」ケニーがいい、やれやれとばかりに首を横にふって、仲間を見るような目つきでパトリックを見た。二対一だ。

「たのむよ、相棒《あいぼう》。たよりにしてるからね」

パトリックがいうと、ケニーはにんまりした。

「ぼく、毎日、メモしようか、学校から帰ったときの気温。そうしたらメモを見て、これから寒くなりそうだなとか、わかるでしょ」

ふん、くだらない考え。テレビのお天気チャンネルを見れば、それくらいわかるよ。

「いい考えだね！」パトリックがいった。「今すぐ、鉛筆《えんぴつ》とメモ帳をとっておいで。そうしたらポーチに置き場所を作って、いつでも書けるようにするから」

ケニーは、はりきって家のなかにかけこんでいった。わたしは、ポーチのドアがしまるのを待ちかねて、話しだそうとした。

でも、パトリックが先に口をひらいた。

「ジュールズ、たのむから信じて。ぜったいにうまくいくから。ケニーは、自分もこの研究の一員だと思えば、めちゃくちゃにしたりしない。それに、ぼくはずっとまえから、自分の持ち物をここに置いているけど、あの子は手を出さないよね。ケニーがいたずらするのは、ジュリアのものだけだ。だから、ケニーもぼくといっしょに研究しているんだと思ってほしいんだよ」

わたしは、しばらくだまって考えた。

ふうむ、これは、してほしくないことがあるときに、してほしいとさそってみせる、「逆心《ぎゃくしん》理《り》」というやつね。パトリックはケニーに対して、逆《ぎゃく》心《しん》理《り》を使ってるんだ。研究に手出しをさせないために、仲間になるよう、さそっている。

こわい。もしうまくいかなかったら……。でも、しかたがない。わたしはあきらめて、いった。

「わかった。パトリックのことは信じてるの。あいつを信用してないだけ。でも、これでうまくいくっていうなら……残念なことにならないよう、願うしかないね」それから、ふと思いついて、きいた。「でもさ、パトリック、なんで自分の弟たちにも、こういうふうにしないわけ？　自分ちのことは、もう、あきらめちゃってるじゃない。持ち物もぜんぶうちに置いてるし」

するとパトリックはため息をついた。

「三人いると、こうはいかないんだよ。一対三じゃ、あまりに不利だ。それに、弟って、なんかふしぎなんだよね。よそのうちの弟に対するほうが、やさしくできるみたい」

パトリックは、鉛筆《えんぴつ》をひもでメモ帳にくくりつけ、壁《かべ》の釘《くぎ》につるした。ひもは長いので、ケニーでも楽に手がとどく。

「もう、きょうからはじめるね」ケニーは、温度計のめもりをじっと見つめた。「十六度。きょうは十六度だ」

それをメモ帳に書きこんで、パトリックに見えるよう、さしだした。

「えらいぞ。ようし、きょうはここまで」パトリックがいった。

家に入ると、パトリックはもう一度、説明書をとりだしてながめた。

「六日から二十日って書いてあるな。卵《たまご》は、到着後《とうちゃくご》、六日から二十日で孵化《ふか》するらしい」

二十日！　それってほぼ三週間じゃない。

「六日だといいけど」わたしはいった。

でも、もちろんそうはいかなかった。

わたしは、一日に四度は卵《たまご》のようすを調べた。朝おきたとき。学校から帰ったとき。夕食後。ねるまえ。ときにはそのあいだにも、ちょくちょく見にいった。

なんの変化もない。卵《たまご》は、とどいたときとまったく変わらず、灰色《はいいろ》で、まんなかに小さな黒い点がぽちっとあるように見える。まるでピリオドみたい。

パトリックは、一日めからずっと、ビデオ撮影《さつえい》をしていたけど、六日めに、いったんやめることにした。

「今のところ、どの場面もまったく同じだからさ。なにか変化がおこったら、再開《さいかい》するよ」

ケニーは、ばかでかい字で数字を書きこむので、早くも、小さなメモ帳を何ページも使ってしまった。

十一日めになっても、やっぱり卵《たまご》はなにも変わらなかった。

「この卵《たまご》、だめなのかも。会社に手紙を書いて、だめですっていったほうがいいんじゃないかな」わたしはいった。

パトリックも心配そうな顔をしていたけど、首を横にふった。

「いや、まだだよ、ジュールズ。少なくとも二十一日めまでは待たないと」

十五日め、またしてもケニーが家のまえの歩道で待ちかまえていた。

「ねえ、早く来て！」かん高い声でさけんでる。

わたしたちは、リュックを玄関《げんかん》にほうりだして、家のなかをドタバタとかけぬけ、裏《うら》のポーチに出た。

はじめは、きのうまでと同じに見えた。ガラスの深皿。三枚《まい》の葉っぱ。イモムシはいない。でも、もっとよく見たら気がついた。

卵《たまご》のなかの小さな黒いピリオドが、コンマに変わってる。

「ね、ね？　なにかちがうでしょ？」ケニーがいう。

「たしかに」パトリックはわたしにむかってにやっと笑ってから、ケニーの頭をくしゃくしゃとなでた。「お手がらだよ、ケニー。また撮影《さつえい》しなきゃ」

ほめられたケニーも、パトリックにむかって、にっこりした。

わたしたちは、ろうかのクロゼットから、ビデオカメラと三脚《さんきゃく》をとりだした。ポーチの床《ゆか》には、ビニールテープで×じるしが三つつけてある。三脚《さんきゃく》の足を置く場所だ。最初に撮影《さつえい》したときパトリックが、三脚《さんきゃく》をいつもぴったり同じ場所に置けるよう、しるしをつけてほしいというので、わたしがテープをはったのだ。

パトリックはカメラを三脚《さんきゃく》にのせ、ていねいにピントをあわせると、わたしにむかってちょっとおどけて、「撮影《さつえい》開始。おしずかに願います」といった。

わたしは、うで時計に目をやった。そして、声を出さずに「さん、に、いち」と口を動かしながら、指でも三、二、一とカウントダウンし、ゼロでパトリックを指さした。「ゴー」の合図だ。パトリックが録画ボタンをおす。きっかり三十秒後、わたしが手をあげて「ストップ」の合図をすると、パトリックはビデオをとめた。

つぎにパトリックは、やっぱりクロゼットにしまってあった自分のお父さんのカメラを出してきて、卵《たまご》の写真を三枚《まい》とった。

ぜんぶ計画どおりに進んでいる。とはいえ、わたしたちがめんどうを見ているのは、ただの卵《たまご》。いったい、いつになったらカイコが生まれるんだろう？

10　ディクソンさんの家で

わたしたちは毎日、新しい葉を三枚《まい》水そうに入れて、古いのは、すてた。そして、五日ごとにディクソンさんの家へ行って、また十五枚《まい》、桑《くわ》の葉をつんだ。

今まで三回行って、ぜんぶで四十五枚《まい》葉っぱをもらったけど、まだどれ一枚《まい》として、かじられてはいない。

四度めに行ったのは、コンマのビデオを撮影《さつえい》した直後で、ディクソンさんが裏庭《うらにわ》にいた。それまで三回たずねたときには、一度も顔をあわせなかった。きょう、ディクソンさんは、片手《かたて》に園芸用のスコップを持って、裏庭《うらにわ》のフェンスのわきにしゃがんで作業していた。

「やあ、いらっしゃい」わたしたちが裏門《うらもん》から入っていくと、ディクソンさんはそういって、スコップを持ったまま手をふった。

「ディクソンさん、こんにちは」パトリックがいった。

「ディクソンさん、こんにちは。おじゃまします」わたしもいった。

「やあ、いらっしゃい。元気かな？」

「元気です」と、わたし。

「研究は、はかどっているかい？」

そうきかれて、わたしとパトリックは顔を見あわせたけど、パトリックが答えてくれた。

「はい。進んでます」

うそじゃない。卵《たまご》のなかの黒いピリオドがコンマになったんだから、まえより進歩してる。

「うちの葉っぱは、お役に立っているかな？」

「はい、役に立ってます」パトリックがいうのと同時にわたしも「はい」と返事をした。

それもうそじゃない。葉っぱがなかったら、水そうはほんとうにがらんとして見えるだろう。

「そうか、それはよかった」

ディクソンさんは、地べたに置いた園芸用のすきのわきにスコップを置いて、いった。

「お兄さん、悪いけど、ちょっとこっちに来て手をかしてくれないか」

パトリックがかけよると、ディクソンさんは片方《かたほう》の手でフェンスをつかみ、もう片方《かたほう》の手をパトリックにさしだした。パトリックが、さしだされた手をにぎって、足をふんばると、ディクソンさんはよっこらしょと立ちあがった。

「草とりは苦じゃないんだが、立ったりすわったりがたいへんでね。もう少しがんばれば、トマトの苗《なえ》を植えられそうだよ」

ディクソンさんは、フェンスぞいの地面をたがやしているらしい。半分ぐらいはきれいな黒土になっているけど、残りの半分は、これから草とりをして、土をほりかえす必要がありそうだ。

「ぼくたち、草とりのお手伝い、できますよ」パトリックが提案《ていあん》した。

わたしもパトリックの顔を見てうなずいた。桑《くわ》の葉のお礼にちょうどいい。

「ああ、それはありがたいねえ。じゃあこうしよう。きみたちにしばらく草とりをしてもらって、そのあいだにわたしは、家に入っておやつを用意する、と。どうだい？」

「いいと思います、ディクソンさん」パトリックは、スコップを手にしてしゃがんだ。

わたしはすきを手にとった。

「じゃあ、パトリックは草をぬいて。わたしはうしろからついていって、土がかたまっているところをほぐすから」

パトリックは雑草《ざっそう》をぬいて、ディクソンさんがつみあげた雑草《ざっそう》の山に、ぽんぽんほうっていく。

わたしは、土のかたまりを、すきでどんどんくだいた。

ふたりでいっしょに作業したら、フェンスのまえの一画は、たちまちきれいになった。すきで土をこまかくなめらかにして、地面をならしていくのは、楽しかった。

おかしなことに、わたしは自分のうちの庭仕事を手伝うのは、ちっとも好きじゃない。よその家の小さい子にならやさしくできるのと同じで、庭仕事も、よその家でなら進んでできるのかも。

ディクソンさんがお盆《ぼん》を持って出てきて、裏口《うらぐち》のドアのそばにあるテラスのテーブルに置いてから、わたしたちのところへやってきた。

「おお、これはすばらしい。心より感謝《かんしゃ》もうしあげますよ」

わたしはディクソンさんのゆったりした話しかたが大好き。ほかの人だったら、ていねいな言葉もへんに古めかしくきこえるだろうけど、ディクソンさんのしゃべりかただと、こういういいまわしがぴったりだ。

「いいえ、どういたしまして。こちらこそお手伝いできてうれしいです」

うわあ、へんなの。わたしもほかの人が相手だったら、ぜったいこんなことといわないのに。

「キッチンで手を洗《あら》っておいで。それからおやつにしよう」

おやつは、大きなコップ入りのレモネードと、ブラウニーだった。手作りのブラウニーだ。

食べながら、おしゃべりをした。楽しかった。

わたしたちは、楽農《らくのう》クラブと自分たちの研究について、ディクソンさんに説明して、ディクソンさんは、自分のことを少し話してくれた。仕事を引退《いんたい》するまでは、ずっと〈グレート・バリューズ〉というスーパーではたらいていたそうだ。奥《おく》さんはガンで亡《な》くなったけど、娘《むすめ》さんがふたりと息子さんがひとり、それにお孫さんが七人いて、みんなよその州に住んでいる。ディクソンさん自身は、もう仕事をやめたので、さいきんはボランティアをたくさんしているそうだ。

パトリックが、ふた切れめのブラウニーに手をのばした。

「おいしいかい？」ディクソンさんがきく。

「はい！　今までに食べたブラウニーのなかで、いちばんおいしいです」

パトリックは、ただのおせじでいってるわけじゃない。ブラウニーはほんとうにおいしかった。チョコチップが入ってて、もちっとしてて、上にもチョコがかかっている。

「わたしは料理がとくいでね。きみたちぐらいのころからずっと、台所に立つのが好きだった。庭仕事と料理。それがわたしのとくい分野なんだよ」

わたしはレモネードを見つめた。ディクソンさんの言葉でなにかを思いだしかけたんだけど、なんだろう？

そのときパトリックがさけんだ。

「タイタスさんだ！」

わたしは、思わず笑ってしまった。

「今、おんなじこと考えてた」

タイタスさんというのは、パトリックが読んですごく気に入った本の登場人物で、パトリックに読みなよと何度もいわれたので、わたしも読んだ。田舎《いなか》の古い大きな屋敷《やしき》に住んでいる四人きょうだいが冒険《ぼうけん》するお話で、それに出てくるご近所さんのひとりが、料理と庭仕事がとくいな、タイタスさんという男の人なのだ。

わたしたちはふたりして、ディクソンさんのほうを見た。ディクソンさんは、なんのことかとききもせず、ただのんびりすわっている。わたしたちが説明しようが、ディクソンさんには関係ないことだからと、つぎの話題にうつろうが、どちらでもかまわないというようすだ。

いい人だなあと、ますます好きになった。

「タイタスさんっていうのは、本に出てくる人なんです」パトリックが説明した。「ディクソンさんがその人ににてるな、とぼくたちふたりとも思ってて――その人もやっぱり、料理と庭仕事がとくいなので」

ディクソンさんは、少し首をかしげた。

「ほうほう。その人物はいい人なのかな、悪人なのかな？」

「めちゃくちゃいい人です」わたしがいうと、パトリックもうなずいた。タイタスさんは、お話のなかではわき役だけど、四人きょうだいととてもなかがよくて、いろいろ助けてくれる。

「それは、じつにうれしいねえ」ディクソンさんはそういって、乾杯《かんぱい》するみたいに、わたしたちのほうへちょっとコップをあげた。

わたしは、自分のレモネードを飲みほした。コップをかたむけたとき、うで時計が目に入った。

「パトリック、そろそろ帰らないと」

こんなに長いこと出かけるなんて、母さんにいってこなかった。

パトリックは、お皿に残っているブラウニーを、いかにも食べたそうに見つめた。するとディクソンさんが、ふふっと笑った。

「帰り道のおやつに、ひとつ持っていったらどうだい？」

「わあ、ありがとうございます！」パトリックは、えんりょせずにひと切れとった。

「おじょうさんは、どうかな？」

わたしは、大きなコップ一杯《ぱい》レモネードを飲んで、ブラウニーをふた切れ食べたので、もうおなかがいっぱいだった。そのうえ三切れめをとったら、よくばりに見えるかな、とらなかったらディクソンさんががっかりするかなと、少しなやんだ。でも、けっきょくもうひと切れもらったら、ディクソンさんはうれしそうな顔をした。

門を出ようとしたところで、わたしははっとしてふりかえり、パトリックとぶつかりそうになった。

「パトリック！　葉っぱをもらうの、わすれてるよ！」

「うひゃあ！　ちょっと、これ持ってて」

パトリックは、わたしにブラウニーをわたすと、桑《くわ》の木のところへかけもどった。

「そうそう、そいつをわすれちゃあいけない」

ディクソンさんは、わたしといっしょに門のまえに立って、パトリックが葉っぱをつむのを待ち、それから手をふって、見おくってくれた。

角をまがるときにふりかえると、ディクソンさんはまだ門のそばに立って、わたしたちをにこにこしながら見ていた。


うちに着くと、またしてもケニーが表に出て待っていた。楽しい時間をすごしたあとで、うきうきしていたので、わたしはブラウニーをケニーにあげた。

するとケニーは、ふた口でブラウニーを口のなかにおしこんだ。きったない食べかた。おまけに横をとおりすぎるとき、わたしのセーターのそでにさわって、チョコレートだらけにした。

「んもう、ケニーの大ばかもの！」わたしはどなった。

どなり声がきこえたのか、とたんに母さんが玄関《げんかん》に来て、ドアをあけ、すごくしずかな声でいった。

「ジュリア・リー・ソン、今すぐ家に入りなさい」

うわわ。まずい。母さんがわたしをフルネームで呼《よ》ぶときと、どならないときは、とてもまずいことになっているというしるしだ。しかも、とてもとてもおこった声だった。

「ぼく、もう帰らないと。またあとで電話するね」

パトリックは、もごもごいうと、桑《くわ》の葉のたばをわたしによこして、帰っていった。

母さんは、一歩さがってうで組みをした。

「たしか、葉っぱをもらいにいくっていってたわよねえ、二時間もまえに。そのあと、いったいどこに行ってたの？」

「母さん、ごめんなさい。葉っぱはちゃんともらってきたよ、ほら」わたしは桑《くわ》の葉を持ちあげてみせた。「ずっとディクソンさんの家にいたの。草とりを手伝ったらおやつをくれて、気がついたらおそくなってた。電話すればよかったんだけど――」

「ええ、電話すべきだったわね。いえ、今のは取り消し。そもそもこんなに長居《ながい》をしちゃいけません！　心配してると思わなかったの？　それにこのあいだも、あの人にごめいわくをかけないようにって、はっきりいったはずだけど」

「母さん、わたしたち、めいわくなんか、かけてないよ。庭仕事を手伝ってたっていったでしょう？　ディクソンさんちの裏庭《うらにわ》で。そうしたらブラウニーをくれて――」

「いいわけはききたくないわ、ジュリア。とにかく、どこにいるかいわずに二時間もいなくならないこと。これからは、葉っぱをもらいにいくときは、二十分以内に帰ってきなさい。いいわね？」

母さんたら、ひどすぎる。だって、まず第一に、どこにいるかは知ってたじゃない。わたしたちはディクソンさんの家に行くといって、そのままそこにいたんだから。第二に、母さんはわたしの話をぜんぜんきこうとしない。さっきから二回も説明をとちゅうでさえぎった。そして第三に――。

「いいわね、ってきいてるのよ、おじょうさん？」

「はい」わたしは、ぼそっと返事した。

母さんは、くるりとむきを変えて、キッチンに入っていった。わたしは一瞬《いっしゅん》立ちどまってから、二階の自分の部屋に入った。そしてドアをしめ、ベッドにすわった。

第三に、母さんはディクソンさんが白人でも、こんなに腹《はら》を立てるの？


夕飯のときには、もう母さんもわたしも、おちついていた。すっかり気分がいいとはいえなかったけど。母さんがあんなにおこった理由も少しはわかるし、電話して、いつもより長くおじゃますると知らせなくちゃいけなかったのも、わかる。だから、夕飯のときには、なにもかもふだんどおりだった。

ただし……。

ただし、さっき考えていた三つめのことだけが、どうしても頭をはなれない。

問題は、面とむかってたずねる勇気がないってことだ。

たとえば、「ねえ、母さん、夕飯はなあに？　あ、ところでずっと気になってたんだけど、母さんて人種差別主義者《しゅぎしゃ》？」なんて、きけない……。

母さんは、たぶん自分では、人種差別主義者《しゅぎしゃ》だなんて思っていないと思う。だから、答えはなんとなく想像《そうぞう》できる。

――もちろん人種差別主義者《しゅぎしゃ》じゃないし、肌《はだ》の色に関係なく、世の中にはいい人も悪い人もいるわ。このごろはなにがあるかわからないし、とくに知らない人は危《あぶ》ないかもしれないから、気をつけてって。

だいたい正しいとは思う。でも、出会って知りあいになるまでは、だれだって知らない人どうしなんじゃない？

ひょっとすると、わたしはにげてるのかも。母さんに面とむかってたずねる勇気がないのは、万が一ほんとうに人種差別主義者《しゅぎしゃ》だったら、どうすればいいのか、わからないからなのかもしれない。

不安な気持ちは、その晩《ばん》だけでなく、二日間ずっと消えなかった。四六時中《しろくじちゅう》ずっと考えていたわけではないけど、わすれたいと思っても、ついつい思いだしてしまう。まるで、まちがってほっぺたの内側をかんでしまい、もう、かまないよう気をつけているのに、何度も何度も同じ場所をかんでしまうときみたい。こういうときは、よくなるのに、すごく時間がかかる。

でも、うれしいことに、それからすぐ、「三つめのこと」なんか頭から吹《ふ》っとぶようなことがおこった。

二日後のことだ。

卵《たまご》がとどいてから十七日め。日曜日。

わたしはちょっとねぼうして、ベッドから出ると八時五十七分だった。いつものように顔を洗《あら》って、服を着かえて下におり、卵《たまご》のようすを見にいった。からのなかの「コンマ」はこの二、三日で少しずつほどけて、まえの晩《ばん》には、黒い小さな輪っかみたいになっているものも、いくつかあった。

わたしは網戸《あみど》のふたを持ちあげて、なかをのぞいた。葉っぱの上に、短い黒い毛が山ほどのっている。いったいどうしてこんなところに、毛があるんだろう？

ケニーのしわざ？　虫が巣を作れるように、ケニーが水そうに毛を入れちゃったのかな？

ばっかじゃないの。鳥じゃないんだから。

でも、髪《かみ》の毛《け》とはちがう。もっと細くてうんと短い。

いったいどこでこんな毛を見つけてきたんだろう。そして、なんで水そうにいたずらなんかしたんだろう。もしも卵《たまご》になにかあったら、思いつくかぎりでいちばんひどい罰《ばつ》より、もっとひどいことをしてやるからね。

わたしは、毛をはらおうと思い、ふたを床《ゆか》に置いて自分の足に立てかけると、水そうに手を入れた。ガラスの深皿の三センチ上まで手をのばしたところで、はっとこおりついた。

毛が動いたような気がする。

わたしは目をぱちぱちさせて、じーっと深皿のなかを見つめた。毛があまりにもこまかくて、すごくわかりにくいけど——動いた？　うん、動いてる。ほら、また。ほんのちょっとだけど、くねくねって。

くねくね？

これ、毛じゃないよ。

幼虫《ようちゅう》だ。

すごーく、ちっちゃなちっちゃなカイコだ！

卵《たまご》が、かえったんだ！

わたしは、足にふたを立てかけていたのをわすれて、思わずぴょんぴょん飛びはねた。はだしの足にふたがたおれてきた。いたかったけど、興奮《こうふん》していて、それどころじゃない。

　でも、いたかったおかげで、少し冷静になった。わたしはふたをひろいあげると、水そうにぶつけてちっちゃな幼虫《ようちゅう》をびっくりさせないよう、そうっとそうっとしめた。そして、もう一度ガラスごしになかを見てから、家にかけこんだ。パトリックに電話しなくちゃ。

　パトリックは、すごい寝《ね》ぐせのまま飛んできた。わたしが電話を切るまえに、もう裏《うら》のポーチに来てたんじゃないかな。スニーカーのひもは結んでないし、パジャマがわりのTシャツとジャージのズボンに、上着をはおっただけだ。

　わたしがまたふたを持ちあげると、パトリックは、体をそらせてよけてくれた。それからしゃがんで、ガラスごしになかをのぞき、静かな声でいった。

「うわあ！　すっごく小さいね。なんていうか……うーん、かわいいとはいえないんだけど。でも、こんなにちっちゃい幼虫《ようちゅう》は、はじめて見たよ」

「いるって気づかないくらいだよね。この幼虫《ようちゅう》が、大きなカイコになるなんて、信じられない」

　まえにパトリックが、インターネットで、カイコの画像《がぞう》を見せてくれたことがある。人間の指ぐらいの大きさになるはずだ。

　卵《たまご》のなかには、もう黒い輪っかは残ってなくて、からだけだ。すべての卵《たまご》が孵化《ふか》したんだ。

　パトリックが説明してくれた。

「生まれて一日以内に、カイコはエサを食べはじめる。最初は体力がないから、ほんのちょっとしか食べないけど、これからは、よく注意して見まもらないとね。葉っぱも、つねに新鮮《しんせん》なものを出しておくように気をつけよう」

パトリックは家に入り、新しい葉を三枚《まい》持ってきて、わたしにくれた。

「さあ、ジュールズ、どうにかして、カイコをこの新しい葉っぱの上にひっこしさせないと」

カイコはとにかく小さいので、くねくねしても、たいして移動《いどう》できない。わたしは古い葉っぱの両はしを指先でつまんで、一枚《まい》持ちあげた。

そして、新しい葉っぱの上で古い葉をかたむけ、うんとやさしくゆすってみた。

ぜんぜん動かない。

カイコたちは、必死にしがみついているか、そうでなければ、なにかのしくみで、葉っぱにくっついているんだろう。

わたしは、そっと葉っぱをおろした。パトリックが眉《まゆ》を寄《よ》せる。

「一匹《びき》ずつつまみあげて、うつすしかないかもね」

「うーん、あまりにもちっちゃいから、指でつぶしちゃいそう。パトリック、やってみる?」

パトリックは、一歩ひいた。

「いや、むりむり」

ピンセットのようなものがあるといいんだけど。ううん、それでもまだこわいな。やっぱりつぶしてしまいそう。カイコをつぶさずにすむ、小さい道具がないかなあ……。

わたしは家に入って階段《かいだん》をあがり、自分の部屋に行った。このあいだ母さんから裁縫《さいほう》道具を入れるバスケットをもらったので、そのなかをあさって針山《はりやま》をとりだすと、それを持って、また下におりた。

「これでやってみる」

わたしは長めのまち針《ばり》をとりだした。頭に玉がついている。

それから、カイコののった葉っぱを一枚《まい》持ちあげると、パトリックに、水そうのふたをしめて、その上に新しい葉をのせるようたのんだ。ふたの網《あみ》の上に、両方の葉を置く。これなら、あまりかがみこまなくてすむ。

それから、まち針《ばり》の玉が手のひらにあたるようにして、指でしっかりと針《はり》の先をつまんだ。こうすれば、ぐらぐらしない。つぎに、針《はり》の先を小さなカイコのとなりに置いて、そろりそろりと横にすべらせ、針《はり》をカイコの下にもぐりこませる。それからカイコを持ちあげて、新しい葉にうつした。

「ふうー」

わたしが思わず声をあげたのと同時に、パトリックが「やったね」といった。ふたりとも大きく息を吐《は》いた。

カイコをぜんぶうつすのに、三十分以上かかった。なんだか、顕微鏡《けんびきょう》をのぞきながら手術《しゅじゅつ》をするお医者さんみたいな気分。ゆっくり、やさしく、慎重《しんちょう》に、相手を傷《きず》つけないように。

ああ、それにしても、カイコのちっぽけなこと！　あんなに小さなものが生きのびられるなんて、とても信じられないくらいだ。

11　カイコの成長と農場見学

　カイコは、すごい早さでぐんぐん成長した。そこでパトリックは、一日に二回ビデオをとるようになった。朝、学校へ行くまえに少し早めに来て撮影《さつえい》し、夕飯のあと、もう一度撮影《さつえい》する。ビデオをとるまえに、わたしがかならずカイコを新しい葉っぱにひっこしさせて、古い葉っぱのほうも、パトリックが写真にとる。
　はじめのうち、カイコはほんのちょっぴりしか食べなかったので、古い葉っぱには、小さな穴《あな》が、ぽつぽつあいているだけだった。
　二日めにカイコを一匹《ぴき》、針《はり》ですくいあげたとき、見えないくらい細い糸で、葉っぱにくっついていたことに気がついた。
　糸は、カイコが生まれたときからあったのかもしれないけど、まえの日にはわからなかった。とても細くて、カイコを持ちあげたら、すぐに切れてしまった。

わたしが糸を指さすと、パトリックはいった。

「カイコは、葉っぱから落ちないように、この糸で体をくっつけているんだね。ぼくらの葉っぱは、水そうに平らに置いてあるけど、ほんものの木にいたら、葉っぱにしがみついていなきゃならないもの」

「それもそうだね。それと、もしかしたら、練習をはじめているのかもしれないよ。絹糸《きぬいと》を作る練習を」わたしはいった。

もうひとつ、思ったのは、カイコって、犬みたいに、わたしのことが、においでわかったりするんじゃないかということ。カイコをひっこしさせるとき、少し興奮《こうふん》するみたいに、いつもよりよけいにくねくねする。でも、新しい葉っぱにおろしてやると、とたんにおちついて、またパリパリと葉っぱを食べはじめる。

五日めには、カイコがだいぶ大きくなって、自分から新しい葉っぱに、はっていけるようになったので、わたしがひっこしさせなくてもよくなった。ああ、助かった。一日に二度、幼虫《ようちゅう》をひっこしさせるのは、たいへんだったから。古い葉っぱはいつも、クモの糸みたいなものにおおわれていた。

卵《たまご》がかえったあとの最初の火曜日は、楽農《らくのう》クラブの日だった。この日は、農場見学に行くことになっていて、ちょうど、ディクソンさんの家に、桑《くわ》の葉をもらいにいく日でもあった。

そこでわたしは、母さんに、見学のあとディクソンさんの家に寄《よ》るから、帰るのは夕飯の少しまえになると、あらかじめ伝えた。すると母さんが、なにもいわずにじろっと見たので、わたしはいった。

「すぐ帰ってくるよ。長居《ながい》しないから、ね？」

わたしは、どうしたら母さんの考えを変えられるかなあと、ずっと考えている。たまにはディクソンさんとおしゃべりしていらっしゃいと、いってくれるといいなって。

でも、まだいい方法を思いつかない。だから、なにか思いつくまで、ディクソンさんのことでは、母さんのいうとおりにして、またおこらせたりしないよう、気をつけるつもり。そのほうが、いざというときに説得しやすいんじゃないかな。

母さんはうなずいた。

「見学、楽しんでいらっしゃい」

見学するのは、マクスウェル先生の農場だ。二十人ぐらいいる楽農《らくのう》クラブのメンバーは、みんないっしょに小型のスクールバスに乗りこんだ。

農場に着くと、マクスウェル先生は、家畜《かちく》小屋のまえでわたしたちを呼《よ》びあつめた。

「今から、農場全体をひととおり案内するけど、まえにもここに来たことがあるという人は、むりに参加しなくてもかまわない。こちらはトム」

そういってマクスウェル先生は、家畜《かちく》小屋から出てきてそばに立った男の人を、手でさして紹介《しょうかい》した。「案内は必要ないという人は、トムが第二牧場につれていってくれるから、牛を集めるのを手伝うといいよ」

マクスウェル先生の農場にはじめて来たのは、五人だけだった。あとの子たちは、ずっとまえから楽農《らくのう》クラブに入っていて、農場見学に毎年参加している。だから、わたしとパトリックとあと三人だけが、先生について、家畜《かちく》小屋に近いほうの第一牧場へ行った。

そこは、有刺鉄線《ゆうしてっせん》の柵《さく》にかこまれていて、なかには羊の群《む》れがいた。草を食べている羊もいれば、地面に腹《はら》ばいになっている羊もいる。子羊も六頭いる。白くて、小さくて、ふわふわで、とってもかわいい。

いっぽうおとなの羊は、子羊にくらべると、あんまりかわいくない。おしりなんか、毛がぼさぼさで、すごくきたない。

マクスウェル先生は、牧場を指さして、説明をはじめた。

「まず最初に知ってほしいのは、ここが、いわゆる『循環型《じゅんかんがた》』の農場だということだ。環境《かんきょう》にとっても動物たちにとっても、むりなくつづけられるやり方で、農業をしているんだよ。

少しまえまで、ここには牛が三十頭いた。牛が食べるのは、ここに植えられた牧草だ。生き物がものを食べると、つぎはどうなるかな？」

「大きくなる？」パトリックがいった。きっと、カイコのことを思いうかべているんだろう。

「ああ、たしかにそうだ。でも、ほかにはなにがおこる？　ものを食べることに、もっと、直《ちょく》接《せつ》関係あることだ。牛が草を食べると――？」

先生は言葉を切って、答えを待った。

「うんちする？」サムという男の子が答えた。

みんなはくすくす笑ったけど、マクスウェル先生はにっこりして、こういった。

「そう、うんちだ！　そのとおりだよ、サム。牛は、そこらじゅうで、うんちをする」みんなが、あはは と笑う。「そして、そのうんち、つまり牛《ぎゅう》ふんが、草の肥料《ひりょう》になるんだ」

先生は、いったん息をついてから、先をつづけた。

「だが、牛をずっとひとところに放牧しておくわけにはいかない。牛が牧草を食べつくすと、地面がむきだしになって、土がいたんでしまうからね。だから、そうなるまえに、牛はべつの放牧場へうつす。

よその農家では、牛がいなくなった場所は、からっぽのまま休ませて、また牧草がしっかり生えてくるのを待つんだが、循環型《じゅんかんがた》の農場では、待っている時間もむだにしないんだ」

先生は「牛をここから出して……」といいながら片方《かたほう》の手でおしだすようなしぐさをし、つぎに、もう片方《かたほう》の手で、呼《よ》びこむようなしぐさをして、つづけた。

「ニワトリをつれてくる。鳥小屋は、あとで見にいこう。車輪がついていて、動かせるようになっているんだ。

ニワトリは、屋根のついた小屋にいるのが好きだが、外にも行きたがる。だから、牛を移動《いどう》させたあとの放牧場に、鳥小屋を持ってくれば、ニワトリが出たり入ったりできるし、鳥小屋を動かせば、放牧場全体をまんべんなく使える」

「ニワトリの移動住宅《いどうじゅうたく》ですね」パトリックがいうと、先生が答えた。

「そのとおり。さてと、牛がそこらじゅうにふんをするというのは、さっき話したね？　ふんが大量にあると、つぎにどうなるかな？」

「くさくなる」またサムがいった。みんな、また笑った。

「ああ、そうだね。と同時に、虫がたくさん寄《よ》ってくる。とくに、ハエが飛んでくるんだ。ハエは、ふんに卵《たまご》を産みつけるから、ぴちぴちの元気なウジ虫がたくさん生まれる」

「おえー」みんながいっせいに声をあげた。パトリックは「気持ち悪い」といって、顔をしかめた。

「ところがびっくり、ニワトリはウジ虫が大好物でね。ぜんぶ食べてくれるんだ。おまけにそこらじゅうをほじくりかえしてくれる。牛のふんをつついて、牧場全体に広げ、地面もほじくりかえして、土をふんわりやわらかくし、空気をふくませる。こうして、ニワトリは土をたがやして、肥料《ひりょう》をまき、害虫の発生をおさえ、自分たちのエサ代までうかせるというわけだ」

「うわあ、すごい」パトリックがいった。わたしもそう思った。

「しばらくしたら、鳥小屋をべつの放牧場に移動《いどう》させて、こんどは羊をつれてくる。今はその段《だん》階《かい》だ」マクスウェル先生は、羊のほうを手でさした。「さて、牛のふんが栄養になって、放牧場には、牛の食べない雑草《ざっそう》もどんどん生えてくる。羊はその雑草を食べてくれるから、除草剤《じょそうざい》を使う必要がない。そのほうが、土にとっても、動物にとっても、いいんだ」

わたしは、近くにいる羊たちをよく見てみた。たしかに一頭が、アザミの生いしげっているところにはりついて、葉っぱをもぐもぐ食べている。アザミの葉っぱのトゲトゲも、気にならないようすだ。

「羊が雑草《ざっそう》を食べつくしたら、また牛をつれてきて、つぎの循環《じゅんかん》をはじめる。放牧場は、休ませることなくずっと使われるけど、土地が丸はだかになったり、荒《あ》れたりすることもなく、つぎの循環《じゅんかん》へのそなえができるんだよ」

マクスウェル先生は、柵《さく》のまえでしゃがんだ。

「みんなしゃがんで、草を見てごらん」

それから先生は、柵《さく》のあいだに手をさしいれ、指で草をかきわけた。

わたしたちもしゃがんで、まじまじと草を見つめた。

草は緑色だ。細長い葉っぱの草。ところどころにクローバーがかたまって生えている。

要するにふつうの草地だ。

マクスウェル先生は、わたしたちの顔を見てにやりとした。

「ただの草だろう？」

「うーん、そうですね。どこがとくべつなんですか？」パトリックがきくと、マクスウェル先生は大きな声でいった。

「元気なんだよ！　葉っぱがしっかりしていて、青々といきおいよくしげっているし、土壌《どじょう》にも、カリウムのような、植物の栄養分がふくまれている。きみたちが牛だったら、この草を見て、わあおいしそう！　と思うだろう。アイスクリームみたいなものかな」

とつぜん、わたしは牛の目で草を見ているような気分になった。たしかにおいしそう。深みのあるこい緑色で、みずみずしいし、ほんのりしたかおりのクローバーも、たくさん生えている。

「だから、せんじつめれば、うちは草を育てる農家なんだ。草と土を育てる農家。それが、ぼくのおもな仕事だよ。土をよく肥《こ》やして、草がすくすく育つようにしてやること。そうすれば、あとのことはぜんぶ、動物たちがしてくれる。われわれみんなが自分の仕事をこなせば、この農場は、自然とまわるしくみになっていて、いつまでもつづけられる、というわけだ」

パトリックがたずねた。「ほかにはどんな形の農業がありますか？　『自然にまわらない農業』っていうのもあるんですか？」

「あるよ。もちろん、そういう呼《よ》びかたはしていないけれどね。そういうものは『商業的農業』と呼《よ》ばれる。養鶏場《ようけいじょう》に行ったことはあるかい？」

みんな、首を横にふった。

「それでも、ケージを使った養鶏場《ようけいじょう》の話はきいたことがあるんじゃないかな？」

すると、ハンナという女の子が「あります」と答えた。

「まえに、テレビで見ました。何百羽というニワトリが、ひとつの建物のなかで、ケージって呼《よ》ばれる小さな金網《かなあみ》のおりに、ぎゅうぎゅうづめにされて、どこにも行けずに、ただ一日じゅうすわって卵《たまご》を生みつづけるっていう話でした」

「そのとおり。ニワトリは、ぎゅうぎゅうづめにされているので、そのうちケンカをはじめる。だから、傷《きず》つけあわないよう、くちばしの先やつめを切らないとならない。

それに、ケージで飼育《しいく》されているニワトリは、そうでないニワトリにくらべて、病気にかかりやすいから、養鶏《ようけい》農家は、予防《よぼう》のためエサに大量の薬を入れる必要がある。そうした薬の成分は、最終的に、卵《たまご》にも入りこむんだ」

ええっ、こわい。わたしは卵《たまご》が好きだけど、卵《たまご》になにか入ってるなんて、考えたこともなかった。先生が、先をつづける。

「ぼくはね、ケージ飼育《しいく》されているニワトリは、ひどい苦しみを味わっていると思う。うちのニワトリとは、おおちがいだ。うちのニワトリたちは、思いきり走りまわって、草や虫を食べ、好きなときに鳥小屋に入る。世話しているニワトリが幸せだと、ぼくもうれしいよ」

こんなにおしゃべりなマクスウェル先生を見るのははじめてだった。ほんとうに農家の仕事が好きなんだっていうことが、よくわかる。

家畜《かちく》小屋へひきかえす道みち、パトリックはマクスウェル先生にくっついて、つぎからつぎへと質問《しつもん》をあびせた。

ふたりの話をぜんぶきいていたわけじゃないけど、商業的農業のほうが安あがりだ、ということはわかった。マクスウェル先生方式で農場を経営《けいえい》するのは、はるかにお金がかかるらしい。だから、食料品店では、〈幸せなニワトリ〉の卵《たまご》のほうが値段《ねだん》が高くて、たいていの人は、ケージで生みおとされた卵《たまご》を買いつづける。

思ったほど、かんたんな話じゃないんだな。はじめは、どうしてみんなマクスウェル先生方式で農業をやらないんだろうと、ふしぎだった。すごくかしこいやりかたに思えたから。

でも、ひとつひとつはすばらしくよくできているけど、全体を見わたしてみると、話はもっとこみいっているんだ。

そのあとマクスウェル先生は、家畜《かちく》小屋と、羊が冬をこすための小屋を見せてくれた。家畜《かちく》小屋では、二階の干《ほ》し草《くさ》置き場にあがらせてもらって、みんなで大きな干《ほ》し草《くさ》の山に飛びのったりして、すっごく楽しかった。トラクターにも乗せてもらったし、鳥小屋では、順番になかに入って、ひとつずつ卵《たまご》をさがした。

マクスウェル先生は、見つけた卵《たまご》は持ってかえってもいいといって、持ち帰り用の紙パックもくれた。食べるのがすごく楽しみ。ケージ飼育《しいく》のニワトリの卵《たまご》と、味がちがうかな。

帰りのバスのなかでも、バスをおりてディクソンさんの家へ行くとちゅうも、わたしは、きょう見学した農場のことを、ずっと考えていた。

循環《じゅんかん》させる、つまりぐるぐるまわっていくっていうやりかたが、いいなと思った。牛がいて、つぎにニワトリが来て、それから羊が来て、また牛にもどる。

わたしたちの育てているカイコと、少しにているような気がする。卵《たまご》から幼虫《ようちゅう》になって、マユを作って、ガになって、また卵《たまご》を生むんだから。

ディクソンさんは、裏庭《うらにわ》で、いすにこしかけていた。パトリックがディクソンさんにいった。

「きょうは、すぐ帰らなくちゃならないんです。夕飯におくれるといけないから」パトリックには、母さんからおこられた話をしてあった。

「ああ、夕飯は一日のいちばんの楽しみだからね。おくれちゃたいへんだ」ディクソンさんは、いってくれた。

わたしたちは、いつもの倍、桑《くわ》の葉をつんだ。カイコたちが食べた葉っぱの穴《あな》のあきかたを見て、あすからは、少なくとも一度に五枚《まい》ずつ入れたほうがいいんじゃないか、ということになったのだ。

でも、そんなものじゃ、ぜんぜん足りなかった。つぎの二日間で、カイコたちはなんと、二十二枚《まい》もの葉っぱを食べたのだ！

カイコはすっかり、〈葉っぱ食べマシン〉に変身してしまった。信じられないことに、葉っぱを食べる音が、ちゃんときこえる。まさか幼虫《ようちゅう》が、あんな音を立てるなんて、思いもしなかった。シャクシャクシャク、パリパリ、サクサクサク……。ケニーまでもがじっとして、しずかに耳をかたむけている。

そんなわけで、たったの三日で、またディクソンさんの家へ行くことになった。母さんにいうのが少しこわかったけど、母さんはまた、あの気持ちをおしころした顔で、行ってもかまわない、といった。もう、そんなにおこっているようには見えなかった。

母さん自身もカイコを育てたことがあって、どれだけたくさん葉っぱを食べるか知っていたのがよかったのかもしれない。

「おやおや、もう、おかわりかい？」ディクソンさんは、わたしたちを見て、声をかけてくれた。

きょうは、園芸ばさみを手に、フェンスからはみだしてさいているきれいな花を、チョキン、パチンと切っている。ピンク色とむらさき色の花だ。

「とってもきれいですね、ディクソンさん。なんていう花ですか？」わたしはきいてみた。

「スイートピーだよ」ディクソンさんは「ト」を飛ばして発音したので「スイーピー」ときこえた。「ちょっと寄《よ》っていくかい？　それとも、すぐに帰らないといけないのかな？」

わたしは思わず地面を見つめて、なんていおうかとなやんだけど、横からパトリックが返事してくれた。

「帰らなくちゃならないんです。ディクソンさんのおじゃまをしないようにするって、ジュリアのお母さんと約束したので、葉っぱをつんだら、すぐ帰らないと。ジュリアのお母さん、ぼくらがどこにいるか、いつでもたしかめておきたいみたいで」

するとディクソンさんはうなずいて、いった。

「いいお母さんだね。さいきんは、子どもを野放しにして、なにをしていようと気にもとめない親が多すぎるから」

そうなのかもしれない。母さんは、いい母親っていうだけなのかも……。

「でも、お母さんには、若《わか》いお客さんがときどき来てくれるおかげで、わたしは大いに楽しんでいると、知っていただきたいねえ。

そうだ、冷蔵庫《れいぞうこ》に、うちでとれたトウガラシがあったな。昨年とれたもので、今年の収穫《しゅうかく》はまだなんだが。おみやげに、少し持っていくといい。そしてたまには、きみたちにうちに寄《よ》っておしゃべりしていってもらいたいと、ぜひ伝えてほしい」

わたしは、顔をあげてにっこりして、いった。

「ありがとうございます、ディクソンさん。母に伝えます」

ディクソンさんは、はさみを置くと、スイートピーの花束を持って、家に入っていった。そのあいだに、パトリックとわたしは、桑《くわ》の葉をつんだ。今回はたくさんもらうので、ビニールぶくろを持ってきている。そこへ、葉を五十枚《まい》つんで入れ、念のため、パトリックがもう二、三枚《まい》つんだ。

ちょうどつみおわったところへ、ディクソンさんが出てきた。トウガラシを入れたふくろをひとつと、スイートピーの花束を持っている。スイートピーの切り口には、ぬれたペーパータオルが巻《ま》きつけてあった。

うちの母さんは、花が大好き。このお花とトウガラシを持っていけば、母さんも、ディクソンさんがいい人だとわかって、たまにはおしゃべりしてもいい、といってくれるんじゃないかな。

ディクソンさんが、ふくろと花をわたしにさしだした。

「お母さんが、トウガラシを気に入ってくれるといいんだが。トウガラシはピーマンの親戚《しんせき》だが、ピーマンとちがって、ピリッとくるよ。南部にいたころよく育てていたんだが、ここでもちゃんと育つんだ。赤く熟《じゅく》すのには、少し時間がかかるけれども。わたしは、ジャンバラヤに入れるのが好きでね。ジャンバラヤは好きかい？」

「大好きです！」わたしはいった。小さいときから好きだった。今も、ときどき母さんが作ってくれる。シーフードや鶏肉《とりにく》やソーセージがぜんぶいっしょに入ったたきこみご飯で、すごくおいしい。あと、「ジャンバラヤ」っていう名前も好き。口に出していうと楽しいから。

「そうかそうか。お母さんはきっと、うまいこと使ってくださるだろう。中国の人は、料理にトウガラシをたくさん使うんだろう？」

その瞬間《しゅんかん》、わたしはだまりこんでしまった。顔が、かっとほてってくる。すると、またパトリックが、助け船を出してくれた。

「ジュリアたちは、中国人じゃないんですよ、ディクソンさん。韓国人《かんこくじん》なんです。お母さんは、よくからい料理を作るし、みんなしょっちゅう、からいものを食べてるから、きっと、トウガラシをもらったらよろこぶと思います」パトリックは、とちゅうからどんどん、早口になった。

「それはよかった。じゃあ、またいらっしゃい。まっすぐ帰るんだよ」

「はい」パトリックがいった。

わたしたちは、門を出て歩きはじめた。

するとパトリックがこっちを見て、小さい声でいった。

「ジュールズ、ディクソンさんは、べつにいじわるでいったわけじゃないと思うよ。『中国人』っていったけど、それは、ほら、『アジア人』ってぐらいのつもりなんだよ。どこの国ってわけじゃなく、『アジアから来た人』っていう意味で」

わたしはうなずいた。

「うん、わかってる、パトリック。だいじょうぶ」

でも、だいじょうぶじゃなかった。

わたしはときどき、日本人にもまちがえられる。ほとんどの場合、中国人か、日本人のどちらかだ。たいていの人がアジア人ときいて、思いうかべるのは、このふたつの国の人だけみたい。それが、なぜきょうはショックだったんだろう。韓国人《かんこくじん》だっていうことがどうでもいいことみたいに、思われている気がしたから？

ふだんわたしは、日本人や中国人にまちがわれることには、なれている。韓国人《かんこくじん》ですと説明することにもなれているし、相手がいじわるでいっているのでなければ、たいして気にもとめない。でもきょうは、ディクソンさんがまちがえたことに、すごくびっくりして、パトリックにもわかってしまった。

なぜ？　なぜわたしは、そんなにおどろいたの？

わたしの脳《のう》みそが動きだす。ぐるぐるぐる。

うちの母さんは、担任《たんにん》だったロバーツ先生が黒人だから、教師《きょうし》としてあまり優秀《ゆうしゅう》じゃないかもしれないと決めつけた。ディクソンさんは、うちの家族を中国人だと思ったから、トウガラシが好きだろうと決めつけた。

そしてわたしは、ディクソンさんなら——黒人で、たぶん人種差別の経験《けいけん》をたくさんしてきたディクソンさんなら、きょうみたいなまちがいをしないだろうと、決めつけていた。

でも、ディクソンさんもわたしも、相手のことを悪く思っていたわけじゃないから、母さんがロバーツ先生を決めつけたのとは、ちがう。わたしにむかって「やーい、チャイナチャイナ！」とはやしたてた女の子たちみたいに、いじわるな気持ちもなかった。

じゃあなんで、ぜんぶいっしょにわたしの頭にうかんできたんだろう？

なぜ、中国人だと決めつけられるのがいやなのか、わたしは、もう一度考えてみた。

まちがえる人は、わたしのことを知らないのに、知ったつもりになっている。そして、知ったつもりになっているから、ほんとうはどうなのかときいたりしない。

つまり、相手のことを悪く思っているかどうかが問題なんじゃない。

「知らない」ってことが問題なんだ。

そして、自分が知らないってことをわかってない――っていうか、気にしてない。
そして、自分が知らないってことをわかってないから、知ろうという努力もしない。
そのことが、問題なんだ。

12 イモムシ恐怖症《きょうふしょう》

つぎの朝、パトリックは、うんと早くうちに来た。いつものように、カイコのビデオをとらなきゃいけないし、ほかにもひとつ、やりたいことがあったからだ。

それは、朝ご飯のときに、卵《たまご》を食べくらべること。マクスウェル先生の農場でとれた幸せなニワトリの卵《たまご》と、スーパーで買ったふつうの卵《たまご》をひとつずつ。母さんに両方とも目玉焼きにしてもらって、二種類ならべて食べてみて、味にちがいがあるかどうかをたしかめるつもりだ。

母さんが目玉焼きを作るのを見ながら、パトリックが、両方の卵《たまご》のちがうところをあげていく。学校の宿題じゃないから、口に出していうだけで、書きとめたりしないけど。

わたしは母さんを見ながら、パンをトースターに入れる。

ケニーはまだベッドのなかだ。小学校は、はじまるのがおそくて、終わるのが早い。ずるいな。

「マクスウェル先生の卵《たまご》は、からが茶色。ケージ飼育《しいく》の卵《たまご》は、白」パトリックがいう。

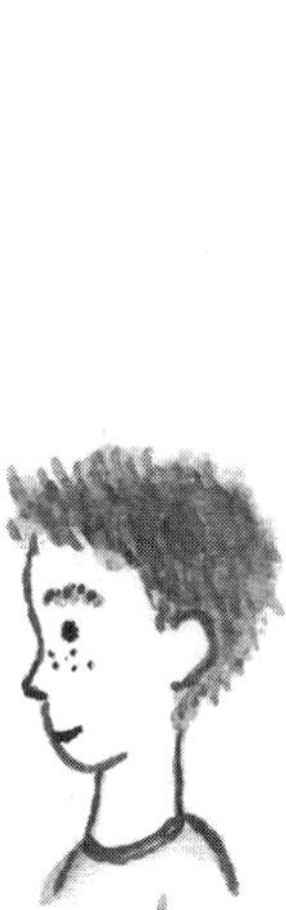

母さんが、まず、白いほうをフライパンのふちにコンコンとぶつけて割《わ》りいれ、つぎに、茶色いほうを割《わ》った。

「茶色い卵《たまご》は、二度コンコンしたら割《わ》れた。白いほうは、一度で割《わ》れた」と、パトリック。

母さんは、白と茶色をもう一個《こ》ずつ割《わ》ってくれたけど、やっぱり同じだった。パトリックは、うれしそうにいった。

「先生のいったとおりだね」

マクスウェル先生は、自分の農場の卵《たまご》のほうが、ケージの卵《たまご》より、からがかたいといっていたのだ。

そして、フライパンのなかでは、ケージの卵《たまご》のほうが、大きく広がった。茶色い卵《たまご》にくらべて白身がゆるいみたいだ。それを見て、母さんがいった。

「茶色い卵《たまご》は、とれたてで新鮮《しんせん》だもの。新鮮《しんせん》な卵《たまご》って、フライパンに入れても、あまり広がらないの。韓国《かんこく》にいたころ、うちでニワトリを飼《か》っていたからおぼえてるわ。

この茶色い卵《たまご》は二、三日まえに生みおとされたばかりでしょ？　白い卵《たまご》は先週スーパーで買ったものだし、スーパーにとどくまでに少なくとも二、三日は、かかっているはずですものね」

「マクスウェル先生の卵《たまご》、黄身がオレンジ色っぽい黄色。ケージの卵《たまご》の黄身は、白っぽい黄色」

パトリックがまたいった。

ほんとだ、おもしろい。これまでふつうの卵《たまご》の黄身も、きれいな黄色だなと思っていたけど、マクスウェル先生の卵《たまご》の黄身は、それよりずっと、こい色をしている。

母さんが目玉焼きをお皿に盛《も》りつけるあいだに、わたしは、焼きあがったトーストにバターをぬった。それから、パトリックといっしょにテーブルについた。

テーブルには花びんが置いてある。ディクソンさんからもらったスイートピーを、母さんが生けてくれたんだ。これって、いいしるしかな……。

「どっちから食べる？」パトリックがきいた。

わたしは、ちょっと考えてから答えた。

「やっぱりケージの卵《たまご》じゃない？」

そして、黄身と白身の両方をフォークにのせ、ケージの卵をぱくっとひと口食べた。パトリックもだ。

わたしたちは顔を見あわせた。

「卵《たまご》の味だね」

わたしはいって、ふたりでくすくす笑った。

こんどは、マクスウェル先生の卵《たまご》だ。フォークを入れるとき、少し緊張《きんちょう》した。バカみたい、卵《たまご》を食べるだけなのに。

もぐもぐとよくかんで、飲みこんでから、わたしもパトリックも一瞬《いっしゅん》だまりこんだ。それから、パトリックがいった。

「卵《たまご》の味だね」

わたしは笑ったけど、少しがっかりもしていた。

パトリックが、マクスウェル先生の卵《たまご》を、もうひと口食べる。

「あー、たしかに少しちがうかも。こっちのほうが……卵《たまご》っぽい？」

母さんがテーブルにやってきて、いった。

「味見してもいい？」

わたしがフォークをわたすと、母さんはマクスウェル先生の卵《たまご》を少しだけ切って口に入れた。

「ああ、ほんとうね。この卵《たまご》はとても風味があるわ」

そこでわたしはもう一度両方の卵《たまご》を食べくらべてみた。

いわれてみれば、たしかにちがうかもしれない。でも、そんなに大きなちがいじゃない。

パトリックも同じことを考えていたみたいだ。

「だからマクスウェル先生は、あまりもうからないのかもしれないね。先生の卵《たまご》はふつうのより高いし、それでいて味はそんなにちがわないんだもの。お客さんにしてみれば、なぜわざわざ高いほうを買うんだ、ってなっちゃう」

「なぜかといえば、ニワトリが苦しまず、幸せにくらしているから。そして、もしかしたらこっちの卵《たまご》のほうが、人間の体にもいいかもしれないから」

「うん。ぼくらは農場見学をしたおかげで、今はそのことを知ってるよ。でも、いったいどれだけの人が、ああいう農場見学をできると思う？　ほとんどいないよね」

ほとんどいない。でも、わたしは、農場に行ったんだ。

わたしは母さんにきいた。

「ねえ、これからはマクスウェル先生の卵《たまご》を買ってくれる？」

母さんはケニーのお弁当《べんとう》をつめていた。ケニーは学校の食堂のご飯が好きじゃないから、いつもサンドウィッチを持っていく。

「考えてみるわ」母さんはいった。

むむ。すごくおとなになありがちな答えだ。母さんに、マクスウェル先生の卵《たまご》のほうがどうしていいのか説明しようとしたとき、パトリックがフォークを持ったまま、ねえねえと手をふって話しかけてきた。

「ねえ、ジュールズ、考えてたんだけどさ、今ぼくらって、カイコの農場を経営《けいえい》してるようなものだと思わない？」

わたしは思わず「えー？」といった。あの水そうが農場？　するとパトリックがいった。

「だって、そうでしょ。カイコを育てて絹糸《きぬいと》をとろうとしてるんだもの。それって、養蚕《ようさん》農家がやってることだよ」

わたしはいいかえした。

「だとしても、史上最小の農家だよね。それを『農場』って呼《よ》べるのかなあ」

するとパトリックは、またフォークをふった。まるでわたしの言葉を空中から消そうとしてるみたい。

「小さくてもさ――それでもマクスウェル先生のところみたいに、循環型《じゅんかんがた》の農場にできたらいいなって思ったんだ」

「ええっ。そんなこと、どうやったらできるの？」

わたしがいうと、パトリックはフォークを置いて答えた。

「わからない。できたらいいなと思っただけ」

たしかにいい考えだとは思うし、パトリックにもそう伝えた。でもやっぱり、どうしたらできるのか、わからない。循環《じゅんかん》させるといったって、ほかに動物もいないし。

「とにかく、頭のすみに入れておこうよ。そのうちジュリアかぼくが、なにか思いつくかもしれないでしょ」パトリックはいった。

たいていの人は、カイコを見てもあまりおもしろいとは思わないだろう。だって、ただくねくねとはいまわって、桑《くわ》の葉を食べるだけだから。

でも、わたしはカイコを見ているのが大好きだった。うっすらと灰色《はいいろ》がかった白い色をしている。だいぶ大きくなってきたので、体の節《ふし》ぶしや、ちっちゃくてかわいらしい足もよく見える。カイコの音をきくのも大好きだ。体が大きくなるにつれて、食べる音も大きくなってきた。カイコたちがいっせいに食べていると、まるでちっちゃい軍隊が、じゃり道をザクザクと行進しているみたいな音がする。

なによりおもしろいのは、顔だ。わたしは虫めがねでカイコの顔をじっくりと見てみた。目がふたつに口がひとつ、それははっきりわかる。まんなかにぼこっと出っぱっているのは、鼻かなあ。

口は、けっこうおそろしい形をしている。あごがあるんだけど、人間のあごみたいに上下に動くんじゃなく、左右にひらいて動くんだ。

パトリックに虫めがねをわたしたら、のぞいたとたん「ぎゃっ！　こわい。怪獣《かいじゅう》みたいだ」といって、さっさと返してくれた。

「怪獣《かいじゅう》？　ひどい」わたしは少しムッとした。

「うん。なんか顔が、宇宙《うちゅう》から来たちっこい怪獣《かいじゅう》みたい」

ケニーも、そうだそうだとさんせいした。このふたり、いいコンビよね、まったく。たしかに、ちょっと怪獣《かいじゅう》っぽく見えるかもしれない。でも、あまりにもブキミなものって、逆にかわいく感じる。

わたしは、カイコがすごく愛らしいと思う。とくに動きかたが好き。頭をひょいと持ちあげて、あたりを見まわすみたいに左右に動かしてから、ぎゅーんと体をまえにのばすと、最後におしりをぱっとあげて、なめらかにまえに進む。

「はう」という感じじゃない。ケニーが赤んぼうのとき、はいはいしていたのとはぜんぜんちがう。どっちかというと、波打つみたいな動きかた。カイコは、さざ波が広がるように、葉っぱの上を動きまわる。

もちろんカイコは、ふんもする。ふんは、小さな小さな黒い粒だ。わたしたちは、カイコのふんをそうじするたびに、マクスウェル先生の農場で見た牛のふんを思いだして、わたしたちの研究で、循環《じゅんかん》サイクルを作るにはどうしたらいいんだろうと考えた（でもやっぱり「農場」とは呼《よ》べないと思う）。

パトリックは、マクスウェル農場の循環《じゅんかん》サイクルを図にかいた。草が生えていて、牛がいて、牛がふんをして、ハエが来て、ニワトリが虫を食べて、つぎに羊がやってくる。あいだを矢印でつなぐと、輪が完成する。

つぎにパトリックは、わたしたちのカイコのことも図にかいた。桑《くわ》の葉っぱ一枚《まい》と、カイコ一匹《ぴき》をかいて、葉っぱからカイコにむかってまっすぐ矢印をかく。

ふたつの図をならべてみると、わたしたちのほうはマクスウェル農場にくらべて、ずいぶんみすぼらしい。

「ぼくらのを輪の形にする方法も、あるはずなんだけどなあ」パトリックがいう。

わたしはしばらくのあいだ図をじっと見つめた。

「ちょっと待って。かきわすれてるものがあるよ」

わたしはパトリックの手から鉛筆《えんぴつ》をとって、葉っぱのとなりに桑《くわ》の木をかいた。つぎに、カイコのとなりに、鉛筆《えんぴつ》の先で小さな点をポツポツとかいた。

「木とふんね」

これで、さっきよりは少しにぎやかになった。

「これだ！　ジュールズ、すごいよ！」

「すごいの？」

わたしはパトリックを見て、それから図をじっと見つめていった。

「うーん、よくわかんない」

パトリックは、鉛筆《えんぴつ》をわたしの手からとりもどすと、カイコのふんからぐるっと長い矢印をかいて桑《くわ》の木へつなげた。

わたしは、まだぴんとこない。

でもパトリックは、にやにやしている。

「まだわからない？　カイコのふんをディクソンさんの家へ持っていって、桑《くわ》の木の肥料《ひりょう》にするんだよ！　マクスウェル先生の農場みたいに大がかりなすばらしい『循環《じゅんかん》』じゃないけど、それでもぐるぐるまわることには変わりがない。そうすればカイコと桑《くわ》の木が、たがいに相手をささえあうことになるでしょ。ね？」

わあ、パトリック、かしこい！

わたしたちは一日おきに水そうをそうじして、ふんを小さなビニールぶくろにためていった。つぎに桑《くわ》の葉をもらいにいくときには、手のひら一杯分《いっぱいぶん》ぐらいのふんがたまっていた。といっても、赤ちゃんの手のひらだけど。

これっぽっちの量じゃ、木には、ぜんぜん栄養にならないんじゃないかな、とわたしはいったけど、パトリックは自信たっぷりだ。

「だいじょうぶ。なにかの足しにはなるよ」

でも、正直にいうと、ディクソンさんの家へふんを持っていったときには、かなりまぬけな感じがした。

楽農《らくのう》クラブのつぎの集まりのとき、パトリックがマクスウェル先生にこの話をすると、先生はすごくよろこんで、わたしたちにハイタッチしてくれた。

ある朝わたしは、いつものようにカイコのようすを見にポーチに出て、水そうの網戸《あみど》のふたごしになかをのぞいた。

そうしたら、心臓《しんぞう》がとまりそうになった。

カイコが何匹《なんびき》か、ぴくりともせずにころがってる。食べてもいなければ、はいまわってもいない。

死んじゃったんだ！

心臓《しんぞう》がとまりかけたかと思ったつぎの瞬間《しゅんかん》、ものすごくドキドキしはじめた。あんまり動悸《どうき》がはげしくて、まともに考えられない。まず、パトリックに電話したほうがいい？　死がいを片《かた》づけるのが先？　なにがおこったか考えるべき？

必死にあたりを見まわしたら、ケニーが気温を書いたメモ帳が目に入った。気温は毎日少しずつあがっている――つまり、毎日あたたかくなっている。カイコがこごえ死《じ》にしたっていうことは考えられない。

葉っぱもたっぷりあるから、飢《う》え死にのはずもない。

なにがいけなかったんだろう?

そのとき、ケニーがぱっと裏口《うらぐち》をあけて、ポーチに出てきた。

「ケニー……」わたしは、かすれ声でいった。

「カイコ、どうかしたの?」ケニーは、水そうのガラスに顔をおしつけた。

わたしは言葉が出なかった。じわっと涙《なみだ》がこみあげる。するとケニーがいった。

「うわあ、すごい」

すごい? カイコが死んだのがすごいっていうの? こいつめ、生かしておけない。

「からっぽの、ちっちゃいカイコみたい」ケニーがいう。

え? なにいってんの? まあ、どうでもいいけど。それがあんたのこの世でさいごの言葉になるんだからね——。

いや、ちょっと待って。

今、なんていった?

からっぽ?

わたしは目をぱちぱちさせて涙《なみだ》をひっこませ、ふたをはずして水そうのなかをよく見た。

ケニーのいうとおりだ。

わたしがカイコの死がいだと思ったものは、ぬけがらだった。

カイコは、脱皮《だっぴ》したんだ。

「心臓《しんぞう》がとまるかと思った」

数分後、わたしはパトリックにそう話した。パトリックは、わたしが電話すると、すぐに飛んできてくれた。

パトリックは、チッチッチと舌《した》を鳴らして、わたしに注意した。

「ジュールズ、カイコが脱皮《だっぴ》することを知らなかったなんて！　本に出てるんだから」

「んー、まだぜんぶ読んでない……そこまで行ってないや」

「あと三回脱皮《だっぴ》するよ。これが『二令《にれい》』って呼《よ》ばれる段階《だんかい》だ」

「ニレイ？」

「生まれたばかりのカイコを一令《いちれい》、脱皮《だっぴ》したら二令《にれい》……ってかぞえるんだ。ねえ、ぬけがらの写真、とろうよ」

それから何日かのあいだ、パトリックはファイルに入れた写真をならべかえたり（またならべかえたり、さらにならべかえたり）していたけれど、そのあいだにわたしは、せっせと刺繍《ししゅう》の練習をした。

卵《たまご》がかえって三週間たつころには、刺繍《ししゅう》の練習をはじめてから二か月がすぎていた。だいぶうまくなってきたわねと、母さんもほめてくれた。

でも、わたしはまだ刺繍《ししゅう》の図案を決めていなかった。なにか、ほんとうにとくべつなものにしたい。ほんものの、手作りの絹糸《きぬいと》にふさわしい図案に。

あれこれアイディアを出すのはかんたんだ。でも、いいアイディアを思いつくのはむずかしい。

母さんはディクソンさんのことで、少し歩みよってくれた。家にあがってもいいけど三十分までで、毎回はだめ。そしてもちろん、まえもって母さんにいうこと。わたしもそれでいいといった。

ひょっとすると、わたしの思いすごしだったのかもしれない。母さんは、ただ、いい母親であろうとしているだけで、このあいだかんかんになったのは、ディクソンさんが黒人だっていうこととは、なんの関係もないのかも。

ただ……。

話しあったとき、母さんがさいごにいったひとことが、ひっかかった。

「わかったわ。桑《くわ》の葉をいただいてるんだし、たまにはおしゃべりしてきてもいいでしょう。とにかく、この問題が片《かた》づいてよかった。でも、正直いって、よくわからないの。あの人はおじいさんでしょう――あなたとパトリックは、ああいう人と、共通の話題があるのかしら？」そういって母さんは、ちょっと肩《かた》をすくめたのだ。

だから、わたしも肩《かた》をすくめてこういった。

「いい人だから、話してて楽しいんだもん。それだけだよ」

「ああいう人」って母さんはいった。それって、なにかの遠まわしないいかた？　母さん、ほんとうは「ああいう黒人と」っていおうとしたんじゃないの？

それとも言葉どおり、ああいうおじいさんと、っていう意味だったの？

わたしは人種問題について考えすぎて、なにもないところにまで、問題を感じるようになっちゃったのかな。

でも、逆っていうこともありうる。

もしかすると、問題はいつでも存在《そんざい》していて、真剣《しんけん》に考えたときにだけ見えてくるんじゃないかな。


カイコは、指でつまめるくらい大きくなった。まえは、つぶしてしまいそうでこわかったけれど、今はもう、わたしの小指ぐらいの大きさに育っている。

「キャタピラ」は、もともとイモムシという意味だけど、カイコの足も大きくなって動きがよく見えるので、ほんとうにキャタピラが、イモムシの動きとよく似《に》ているのがわかる。

わたしはときどきカイコを一匹《ぴき》持ちあげて、手のひらの上をはわせる。重みはほとんどない。やわらかくて、ちょっとくすぐったい感じがするだけ。カイコを手にのせるのは大好きだ。

さいきんは、カイコたちの見わけがつくような気がしてきた。体の節《ふし》のところにうすいしまもようがあるんだけど、そのしまの太さがどれも同じじゃなくて、太いのもいれば細いのもいる。それから、体がちょっぴり大きいのが三匹《びき》いるし、体はふつうの大きさだけど、すごくノロノロしているのが二匹《ひき》いる。

パトリックに話してみたら、こういわれた。

「それはどうかなあ。見わけがつくような気がしてるだけじゃない？　一匹《ぴき》ずつ区別するには、ちがいをきちんと科学的に測定《そくてい》する装置《そうち》みたいなものが必要だと思うよ」

たぶん、パトリックのいうとおりなんだろう。それでもわたしは、どうしてもカイコを見わけようとしてしまう。

パトリックは、わたしがカイコを手にのせているところを、ビデオにとってくれた。カイコもちゃんと協力して、手のひらの上を波打ちながらはいまわったり、体をひょいとまっすぐ持ちあげて、あたりを見まわすように頭を動かしたりした。

「ようし。そいつ、アップでばっちりとれたよ」

「『そいつ』って男の子みたいにいうけど、もしかしたら女の子かもよ？」

わたしがいうと、パトリックは説明してくれた。

「ガになれば、オスかメスかを見わけられるんだって。本にそう書いてあった。たいていはメスのほうがうんと大きくて、おしりもどっしりしてる」

わたしは、うふふと笑っていった。

「ガのおしり？」

「うん、そう。おしりっていうか、胴体《どうたい》のいちばん下の部分は、メスのガのほうが太いんだ。でも、幼虫《ようちゅう》の段階《だんかい》では、見わける方法がないんだって。見かけではわからないらしい」

わたしは、手のひらのカイコを、もっとよく見つめた。

「もしかしたら、わたしたちがその方法を発見できるかもしれないよ。そうしたら、ほんものの科学者になれるじゃない」

するとパトリックがまた「チッチッチ」と舌《した》を鳴らした。

「ジュリア、昆虫《こんちゅう》学者はイモムシやガを、はるかむかしからずーっと研究しているんだよ。もし、カイコの幼虫《ようちゅう》のオスメスを見わける方法があれば、とっくに発見してるよ」

「ふうん。まあいいわ。オスでもメスでもかわいいもん」わたしはカイコをパトリックにさしだした。「手にのっけてみる？」

パトリックは首を横にふった。

「いや、いいよ。えんりょしとく。ぼく、カメラを片《かた》づけなきゃならないから」

「ちょっとだけだから。楽しいよ。手のひらをこちょこちょされるみたいで」

「こちょこちょされるの、きらいなんだ」

「いいじゃない。まださわったことないでしょ」

「いやだって、いってるんだよ！」

とつぜん、パトリックがすごい声でどなったので、わたしはびくっとした。手をひっこめて、かわいそうなカイコを大声から守ろうと、思わず手をおわんのように丸めた。

「どうしちゃったの？　べつにたいしたことじゃないよ。カイコを手のひらにのせたらっていっただけじゃない。そうすれば、カイコのことがもっとよくわかるよ。もっと近くで見られるし」

わたしがいうと、パトリックはくるりと背《せ》をむけて、ぼそぼそと答えた。

「いやなんだよ」

きょうのパトリック、すごくへんだ。

「どうしていやなの？」

「どうしても」

ふーん、すばらしい答え。わたしはまたきいた。

「なにが、どうしてもなのよ？」

パトリックは裏口《うらぐち》の戸をパッとひいてあけた。

「いいたくない！」ひと声どなると、ドタドタと足音を立てて、家のなかに入っていった。

もう、なんなのよ！

わたしはカイコを水そうにもどしてふたをしめ、あとを追った。パトリックはビデオカメラをクロゼットにしまっている。

「ねえ」

呼《よ》びかけると、パトリックはクロゼットのとびらをしめて、わたしのほうをむいた。

「どなったりしてごめん」と、もごもごいう。

「わたし、おこらせるつもりじゃなかったんだよ。ただ……」

わたしがいうと、パトリックは床《ゆか》に目を落としていった。

「ジュリアのせいじゃない。ぼく……今までだまってたけど、じつは……えっと……」パトリックはつま先をもぞもぞ動かして、それをじーっと見つめてる。「ぼく、イモムシが、だめなんだ」

「え、だめって？」

わたしがきくと、パトリックはため息をついて顔をあげたけど、目はあわせようとしない。

「恐怖症《きょうふしょう》って、知ってる？　ぼく、イモムシ恐怖症《きょうふしょう》なんだ。大きらいなんだよ。見てると、とてつもなくぞっとするんだ」

わたしは、ぽかんとしてパトリックを見つめた。

「イモムシ恐怖症《きょうふしょう》？　うそでしょ！　じゃあなんでこの研究をやろうと思ったの？」

パトリックは、またつま先をもぞもぞさせながらいった。

「手作りの糸って、すごくいい考えだと思ったから。ぼくは生き物を飼《か》う自由研究がやりたかったけど、ぼくの家でもジュリアの家でも、大きな動物は飼《か》えないでしょ。それに、この研究にとりくんだら、乗りこえられるんじゃないか――恐怖症《きょうふしょう》が治るんじゃないかと思って」

パトリックは、やっとわたしの顔を見た。

「それに、ひとりではじめたわけじゃないよ。ジュリアだって、この研究をやりたがってたじゃないか」

ええっ！　わたしは思わず、声をあげて笑いそうになった。ほんとうはやりたくないのに、いかにもやりたそうな顔をするという、スパイのジュリア・ソンの仕事は、うまくいっていたというわけね。

でもわたしは、はじめに乗り気じゃなかったことについては、なにもいわなかった。パトリックの言葉におどろいてしまって、自分の話をする気になれなかったんだ。

だって、イモムシがこわいなんて！　ちっちゃな卵《たまご》のころからずっと育ててきた、こちょこちょと動きまわるかわいい子たちなのに、へんだよ！　サメとかワニとか、大きくておっかない動物ならわかるけど、どうしてイモムシが？

「ねえ、なんでイモムシがこわいの？　かんだりなんかしないのに。手のひらでふんをすることはあるかもしれないけど、それだってべつにたいしたことないよ」

カイコのふんはとても小さいし、かたくてかわいているから、犬や牛のふんとちがって、気持ち悪いなんてことはない。

すると、パトリックが答えた。

「それもぜんぶわかってる。でもそれが〈恐怖症《きょうふしょう》〉のめんどくさいところなんだ。理由がないのに、それでもこわいんだよ。ぼく、ネットで調べてみたんだ」パトリックは、少し背中《せなか》をのばした。「そうしたら、五百種類以上の恐怖症《きょうふしょう》をリストアップしているサイトがあった。ぼくのは『ぜん虫恐怖症《きょうふしょう》』って呼《よ》ばれてる。ぜん虫っていうのは、長くてにょろにょろはう虫のことだよ。ほかにも、乗り物恐怖症《きょうふしょう》とか、ティーンエイジャー恐怖症《きょうふしょう》なんていうのまであった。ぼくのお気に入りは、『ピーナッツバター口蓋《こうがい》付着《ふちゃく》恐怖症《きょうふしょう》』だ。なんだと思う？」

「ピーナッツバターはわかるけど、こうがい……なに？　ぜんぜんわかんない」

「口蓋《こうがい》っていうのは、口のなかの上の部分のこと。ピーナッツバターが上《うわ》あごの裏《うら》にくっつくのがこわいっていう恐怖症《きょうふしょう》だって」

「うっそお！　話、作ってるでしょ」

「作ってないよ。ほんとにあるんだってば！」

わたしたちは、いっしょになって笑った。いつものパトリックがもどってきてよかった。

「それで、研究したら少しはましになった？　まえほどこわくない？」

わたしがきくと、パトリックは肩《かた》をすくめた。

「少しだけね。今も苦手だよ。でも、見るのは平気になってきた。まえは、見るだけでもぞわぞわしてたから。それにビデオカメラのファインダーごしにのぞくと、だいぶましなんだ。カメラのレンズごしとかね。どういうわけかわからないけど、それでだいぶ楽になる」

「へえ、そうなんだ」

ふたりとも、ちょっとだまりこんだ。わたしに恐怖症《きょうふしょう》のことをうちあけるの、つらかっただろうな。男の子は、ミミズとかイモムシとかをこわがらないものだと思われているし。

「話してくれてありがとう。もう、手にのせてごらんなんて、しつこくいわないから」

わたしがいうと、パトリックはうなずいた。

「うん、ありがとう」パトリックはぶるっと体をふるわせてから、ぐるぐる肩《かた》をまわした。「さてと、テストにそなえて、南アメリカの農業のことでも勉強しておく？」

13　まゆができた！　でも……

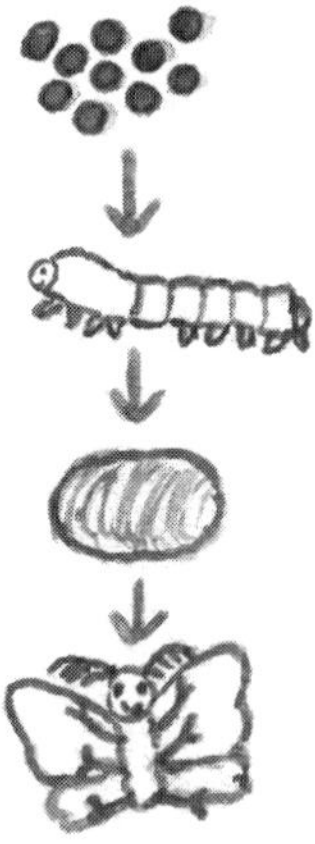

卵《たまご》からかえって二十四日めに、カイコたちはエサを食べなくなった。こんどはまえもって、パトリックからそうなるときいていたので、あわてなかった。カイコを見ながらパトリックはいった。

「食べなくなると、体の色が黄色っぽくなるんだ。そうしたら、もうすぐ糸を吐《は》いてまゆを作りはじめるっていうしるしだよ。あした、カイコを卵《たまご》パックにうつしたほうがいいね」

パトリックが本や説明書で読んだところによると、カイコがまゆを作るときには、一匹《ぴき》ずつべつの小部屋に入れたほうがいいらしい。卵についてきた説明書には、トイレットペーパーのしんを半分の長さに切って仕切りを作るか、紙製《かみせい》の卵《たまご》パックを使うかするといいと書いてあった。だからわたしは卵《たまご》パックをふたつとっておいて、パトリックが家からもうひとつ持ってきた。卵《たまご》パックは一ダース用なので、卵《たまご》の入るくぼみが十二個《こ》ある。カイコはぜんぶで二十六匹《ぴき》だ。

わたしはパトリックにいった。

「十二匹《ひき》、十二匹《ひき》、二匹《ひき》っていうわけかたはしたくないな。同じぐらいの数にわけたほうがカイコもきっとよろこぶから、八匹《ぴき》、九匹《ひき》、九匹《ひき》にわけるね」

つぎの日わたしたちは、卵《たまご》パックのふたと本体のつなぎ目を切って、ふたをかんたんにはずしたりかぶせたりできるようにした。パトリックが調べたところによれば、カイコは暗いところで糸を吐《は》くのが好きらしい。だから、ふたはいつもしめておくつもりだけど、やっぱりときどきはようすを見てみたい。

わたしはカイコを一匹《ぴき》ずつそっと持ちあげて、少しのあいだ手のひらをはわせてやった。それから卵《たまご》パックのくぼみのなかにうつした。

くぼみのなかで頭のほうを持ちあげて、ぐるりと体をまわしたカイコも何匹《なんびき》かいた。新しい家のようすを調べてでもいるみたい。それから、くるっと丸くなって、くぼみにおさまった。

そのあとわたしたちは、最後の食べ残しの葉っぱをすてて、卵《たまご》パックをぜんぶ水そうにおさめた。

それにしても、パトリックに恐怖症《きょうふしょう》のことをきいてから気をつけて見てみると、今まで気がつかなかったのがふしぎなくらいだ。

パトリックは、撮影《さつえい》しているとき以外は、ビデオカメラのピントを調節したり、これまでに撮《さつ》影《えい》したものを見かえしたり、ふつうのカメラをいじったりしている。カイコを直接《ちょくせつ》、まじまじと見ることはぜったいにない。レンズごしにしか見ようとしない。

今でも、カイコがものすごくこわいんだっていうことがよくわかる。

わたしにも、同じくらいこわいものってあるかなあ。クモはあまり好きじゃないし、小さいときは、夜、真っ暗にならないよう、小さいあかりをつけてねていた。でも、パトリックみたいな、ほんものの恐怖症《きょうふしょう》じゃない。

そんなにこわいものがあるって、いったいどんな気持ちなんだろう。わたしは今でもたまに、カイコを手にのせてごらん、なんてパトリックにいってみたくなる。

でも、それはやっぱりひどい。もっとパトリックの気持ちを考えないと。だって、イモムシ恐怖症《きょうふしょう》なのにカイコの研究をはじめるなんて、すごく勇気があるもの。

しかも、カイコに決めたのは、恐怖症《きょうふしょう》を治したいっていう気持ちからだった。それにパトリックは、わたしがこの研究をやりたいのだと思ったんだ。

わたしの親友は、イモムシ恐怖症《きょうふしょう》だ。でも、本人がそれと正面からむきあっているんだから、わたしもちゃんと見まもらなきゃ。

翌朝《よくあさ》、カイコのようすを見にいくと、卵《たまご》パックのふたがあかなくなっていた。なぜか、くっついてしまっているみたいだ。

パトリックがやってきたので、わたしは卵《たまご》パックを見せて、いった。

「ふたがあかないの。ちょっと待って、もう一度やってみる」

わたしは卵《たまご》パックをひとつ、目の高さにあげてふたを持ちあげ、少しだけすきまをあけてなかをのぞいた。

「うわっ！」

「なになに？　なにが見えるの？」パトリックがきく。

「カイコたち、おおさわぎしてる！　みんな、頭をぐるぐるまわしてるの。あまりよく見えないけど、なにかにとりつかれたみたいになってる。どうかしちゃったのかな？　もしかして、ここにとじこめられたのがいやだとか」

すると、パトリックはいった。

「いや、元気だと思うよ。カイコは口から糸を吐《は》くんだ。本によれば、ひっきりなしに頭を動かしてまゆを作るんだって。だからきっと今、まゆを作ってるんだよ。でも、なんでふたがあかないんだろう？」

「クモの巣みたいなのがあちこちにはってあって、ふたと下の容器《ようき》がくっついてるの。まるでのりづけしたみたい。まゆを作ってるところを人に見られたくないのかな」

「べつに、そういうわけじゃないと思う。カイコは、まゆを作るまえに、まず、まゆをささえる小さなハンモックみたいなものを作るんだ。糸をしっかりはらないと、まゆが落ちてしまうよね。だから、上から下までたくさん糸をはりめぐらしているんだろうな。わざとふたがあかないように、くっつけてるわけじゃないと思うよ」

わたしは、もう少しだけなかをのぞいてから、そっとふたをしめて、卵《たまご》パックを水そうにもどした。

するとパトリックが、あわてたように両手をバタバタとふりまわした。

「あーっ、でもそんなすきまからじゃ、ビデオはとれないよね。最悪だあ。いちばんおもしろいところなのに、撮影《さつえい》できないなんて」

学校へ行く道みち、わたしたちはああでもないこうでもないと話しあった。

「撮影《さつえい》する方法が、ぜったいにあるはずだよ」と、パトリックはいいつづけた。

運よく金曜日だったので、わたしたちは週末のあいだ、あれこれためすことができた。

まずは、カイコたちの入っている紙の卵《たまご》パックのふたを少し切りぬいて、窓《まど》をあけてみることにした。ちょっとドキドキする。わたしはカイコを八匹《ぴき》入れたパックをえらんだ。四すみのくぼみにはカイコを入れなかったので、ためしにそこに窓《まど》をあけることにしたのだ。

まずは、先のとがった小さなはさみの先でふたに穴《あな》をあけ、そこからパチンパチンと四角く切りすすむ。そのあいだじゅう、どうかこの空き部屋にいつのまにかカイコがひっこしてきたりしていませんようにと、いのっていた。

終わると、四角く切った部分をはずしてみて、わたしは、ほーっと大きなため息をついた。ああ、よかった。下のくぼみにカイコはいない。でも、窓《まど》に目をくっつけて卵《たまご》パックを少しかたむけないと、ほかのカイコのようすも見えない。

パトリックが首を横にふった。

「窓《まど》をもっと広げないとだめだね」

そこでつぎに、くぼみ三つ分の大きさまで窓《まど》を広げることにした。ところが切りとった紙を持ちあげたら、もやもやとした糸にからまったまま、カイコが一匹《ぴき》ぶらさがってきてしまった。

パトリックが、「ひゃっ」と飛びのく。

「きゃあ、たいへん！」わたしは、切りとったふたにぶらさがったかわいそうなカイコを手でささえた。

そして、カイコがくるまっているねばり気のある糸を紙からひきはがし、カイコを卵《たまご》パックのなかへもどした。どきどきしながらカイコのようすを見ると、元気そうではあるけど、窓《まど》があいたところから逃《に》げようとして、くねくね動きまわってる。

「これじゃだめだね。ほら、屋根のないところがきらいなんだよ」

わたしはそういって家にかけこみ、マスキングテープを見つけた。それからもう一度ポーチに出ると、切りとったふたをつなぎあわせて、窓《まど》のところにはりなおした。

ふう、よかった。カイコが、わたしたちにじゃまされて、あわてているところを見たら、すごく心配になってしまったから。するとパトリックがいった。

「うーん。じゃあ、どうする？」

そこへケニーがやってきた。

「おはよ、パトリックとお姉ちゃん。なにしてんの？」

ケニーがきくので、パトリックが説明した。説明が終わると、わたしはケニーをぐっとにらんで、こういった。

「そういうわけだから、じゃましないでよ。撮影《さつえい》する方法を考えなくちゃならないんだからね」

でも、大ばかもののケニーは、わたしの言葉を無視《むし》した。そして、パトリックにむかっていった。

「一匹《ぴき》、ガラスびんに入れればいいんじゃない。そうすれば、びんの外から撮影《さつえい》できるよ」

パトリックはケニーを見て、つぎにわたしを見た。それから「あはっ」と笑ってケニーの肩《かた》をぽんとたたき、わたしが思ったのとまるで同じことをいった。

「今までどうして思いつかなかったんだろう？」

わたしは、卵《たまご》パックの窓《まど》をもう一度あけて、さっきのカイコをとりだすと、小さなガラスびんに入れた。びんの金属《きんぞく》のふたには、空気穴《くうきあな》をいくつかあけてある。

それから、びんを水そうの卵《たまご》パックのそばに置いた。ふだんはマグカップをさかさまにかぶせて、暗くしておき、撮影《さつえい》するときだけ、数分間、びんを水そうからとりだす。

カイコがまゆを作っているようすは、ものすごくおもしろかった。父さんと母さんも見にきたし、その日の夕方には、パトリックの両親も、ヒュー・ベン・ニッキーをつれてやってきた。ポーチは大混雑《だいこんざつ》。あんまり人がいて、カイコがびっくりするんじゃないかと心配になったほどだ。

でも、カイコは気にしていないみたい。ふたごのベンとニッキーが興奮《こうふん》してキャーキャーいいながら飛びはねても、気にもとめないようすだ。

カイコは、ひっきりなしに頭を動かしている。ときには速く、ときには少しゆっくりと。でも、決して動くのをやめず、すごくいそがしそうに、はたらいてる。パトリックのいうように、口から糸を吐《は》いているんだ。

はじめのうち、糸はよく見えなかった。目をこらしてじっと見つめないと、糸があるってわからない。

でも、翌朝《よくあさ》見てみると、カイコは、まるで雲のなかに住んでいるみたいに、自分のまわりにうっすらと絹《きぬ》の糸をはりめぐらしていた。その「雲」をすかして、カイコの黒い口が、せっせ、せっせといそがしく動きまわっているのが見える。

その晩《ばん》、パトリックは徹夜《てつや》で撮影《さつえい》したいといったけど、うちの母さんにもパトリックのお母さんにもだめといわれてしまった。

つぎの朝、パトリックはまたパジャマすがたで飛んできた。まゆはもう、できあがりかけていて、なかで動いている黒い口はほとんど見えない。

まゆを作るところをパトリックが撮影《さつえい》してくれて、よかった。あとで何度でも、好きなだけ見かえせるから。

でもやっぱり、いくらビデオで見ても、目のまえで見るほどの感動はないだろうと思う。はじめは目に見えないほどだったほそーい糸が、寄《よ》りあつまって雲みたいになっていき、そのなかでカイコがせっせと糸を吐《は》きつづけて、何重にも織《お》りあげていく。しかもそれが百パーセントの絹《きぬ》なんだから。

まゆ作りがはじまって三日め、つまり日曜日の午後のことだ。

わたしは、紙を一枚《まい》背中《せなか》にかくして、パトリックにいった。

「ねえ、わたしって、天才だと思わない？」

パトリックは居間《いま》のソファにすわっていた。見せたいものがあるから、部屋からとってくるまで、そこにすわって待っててとたのんだのだ。パトリックは眉《まゆ》をあげたけど、なにもきいてこない。

「刺繍《ししゅう》の図案が決まりました。なんと――」盛《も》りあげるためにわざと間《ま》を置いてから、ぱっと紙を出す。「ジャーン！　カイコの一生です！」

わたしは、自分のかいたスケッチを高くあげて、ひとつひとつ指さしながら説明した。

「卵《たまご》、幼虫《ようちゅう》、まゆ、カイコガ。そして最高なのは、ここ。卵《たまご》と幼虫《ようちゅう》は、ふつうの刺繍糸《ししゅういと》で刺繍《ししゅう》するんだ。ガもね。でも、まゆは、カイコからとれた糸で刺繍《ししゅう》するの。カイコのまゆから、絹糸《きぬいと》をとるでしょ。だから作品のなかでも、まゆは、わたしたちのまゆからとれた絹糸《きぬいと》で刺繍《ししゅう》するつもりなの。すごくない？」

パトリックは、顔いっぱいに笑みをうかべた。

わかってくれたんだ。なんだか、だきつきたい気分。パトリックは両手を上にあげると、何度も腰《こし》をまげて、おおげさにおじぎをしてみせた。

「ジュリア・ソン、ほんと天才だよ。ぼくたち、ぜったい、まちがいなくえらばれて、州の品《ひん》評会《ぴょうかい》で賞をもらえるよ」

わたしはお返しにひざをまげて片足《かたあし》をうしろにひき、王女さまみたいな、へたくそなおじぎをしていった。

「ありがとう、どうもありがとう」

カイコの一生を図案にするのは、少しまえから考えていた。でも、まゆを絹糸《きぬいと》で刺繍《ししゅう》するというアイディアは、カイコがまゆを作っているところを見て思いついた。まゆ作りをしばらく観察してからベッドに入って、ねむって朝起きたら、この天才的なアイディアがひらめいたのだ。ひらめいた瞬間《しゅんかん》、これだ！　と思った。これしかないっていうほど、ぴったりくる。星条旗《せいじょうき》みたいにアメリカらしい図案じゃないけど、韓国《かんこく》っぽくもない。

ううん、それどころかアメリカらしさと韓国《かんこく》らしさの両方があるのかも？

パトリックはわたしの手からスケッチをとって、ちらっとながめ、それから顔を見あげていった。

「この図案は、ぼくらの研究をだいたいそのまま絵にしているんだよね？」

わたしはうなずいた。「うん、そのつもり」

「そっか。もし完全にぼくらの研究どおりにするつもりなら、最後のガは、はぶかないといけないな」

「え、なんで？　だって、カイコは最後にガになるんでしょう？」

「カイコの一生の最後っていう意味ならそうだよ。でも、ぼくらの研究ではちがう」

「どういうこと？」

「ぼくらのカイコは、ガにならないんだ」

「いや、なるよ。あんなにいっしょうけんめいまゆを作ってるじゃない。もうじきできあがるし」

わたしがいうと、パトリックはきいた。

「でも、刺繍《ししゅう》をするために糸をとりたいんだよね？」

「うん、そうだけど？」

パトリックったら、なにをごちゃごちゃいってるんだろう？

するとパトリックは、しょうがないなというように、ため息をついていった。

「ああ、わかった。あの本を読んでないでしょ？」

「読んだよ。っていうか、ぜんぶこまかくは読んでないけど、目はとおしたよ。写真はしっかり見たもん。このスケッチをかくとき、紙をしいて幼虫《ようちゅう》の写真を上からなぞったし」

「ジュールズ、本を読んでいればわかるはずだよ」

「もう、パトリック、なにがいいたいの？」

パトリックは、首をふった。

「まゆから糸をとりたければ、なかにいる……生き物は、殺さなきゃならないんだ。ガになって、まゆから出てくるまえに」

——え？

わたしはまじまじとパトリックを見た。自分の顔から血の気《け》がひいていくのがわかる。

「殺さなきゃならない？」

わたしがきくと、パトリックはうなずいて、いった。

「糸をとるには、まゆを煮《に》なきゃならない。五分ぐらい煮《に》て、糸どうしをくっつけているねばねばの物質《ぶっしつ》をすっかりとかすんだ。それから糸をほぐす。でも、煮《に》ると、なかのさなぎは死んでしまう」

わたしの頭は完全にこおりついてしまった。頭のなかにひとつしか言葉がうかんでこなくて、なにも考えられない。

カイコを殺す。

殺さなきゃならない。

手が、氷みたいに冷たくなってきた。その手を何度もにぎったりひらいたりして、なんとか頭をはたらかせようとする。

「ねえ、パトリック、ガが出てきたあとに、まゆを煮《に》ればいいんじゃない？」

「ジュールズ、本にぜんぶ書いてあるってば」

「わかった、わかったよ。わたしは、あんなつまらない本、読んでませんってば！　だから、教えてよ！」わたしは半分さけぶようにいった。

パトリックは、わたしをおちつかせようとするみたいに、ゆっくりと話しだした。

「ガは、まゆに穴《あな》をあけて出てくるよね？　そのために、まゆを食いやぶるんだ。っていうか、じっさいには食いやぶるわけじゃなくて、口から絹《きぬ》をとかす物質《ぶっしつ》を出して、穴《あな》をあける。その穴《あな》は、まゆのいちばんなかから外までとおるんだ。

つまり、ガが出てきたあとにまゆを煮《に》ても、とれるのは、一本の長い糸じゃなく、何千、何万っていう短いばらばらの糸で、刺繍《ししゅう》には使えないんだ。養蚕《ようさん》農家の人が、ガが出てくるまで待つことは、決してない。まゆがだめになってしまうから。わかる？」

ようくわかった。頭がくらくらするので、目をつぶる。

わたしは、自分が知らないっていうことを、知らなかったんだ。

14　大げんか

ぐる、ぐるん。脳《のう》みそが、また動きはじめた。

ぐるん、がが、がぎっ、ぐる、ぐわん、ぐしゃっ……心が、ぐしゃぐしゃに乱《みだ》れてる。

カイコをあのままそっとしておいてガになるのを待てば、絹糸《きぬいと》をとってまゆを刺繍《ししゅう》することはできなくなるし、家庭科部門に出品できない。参加できるのは畜産《ちくさん》部門だけで、それだってちゅうとはんぱだ。

じっさいになにかを育てたり作ったりする楽農《らくのう》クラブの研究っていうより、学校の宿題の昆《こん》虫《ちゅう》観察日記みたいになってしまう。

なによりつらいのは、パトリックをがっかりさせてしまうこと。

でも、自分で思いついた天才的なアイディアどおりに、まゆをほんものの絹糸《きぬいと》で刺繍《ししゅう》するには、カイコを……。

がぎ、ぐわっ、ぐしゃっ。

わたしは目をあけて、パトリックをまっすぐ見つめた。

「できないよ。どうしてもできない」

パトリックは、飛びはねるように立ちあがった。

「ジュールズ！　なにいってるんだよ？」

「パトリック……」

「こんなにすばらしい研究なのに！　刺繍《ししゅう》の図案だって天才的だよ。ぼく、さっき、そういったよね？　これしかないっていうくらい、いい思いつきだもの。最高の自由研究になるよ。しかもビデオや写真もとって、ぼくたちいっしょうけんめいやってきたじゃないか。それをぜんぶむだにするわけにはいかないよ！」

わたしは頭がくらくらして、こんどは胃がむかついてきた。

「うん。すごくいっしょうけんめいやってきたのは、わかってる。でも、あの子たちだっていっしょうけんめいなんだよ」わたしは、裏《うら》のポーチのほうを見て、うなずいてからつづけた。「とりつかれたみたいに、必死にまゆを作ってるんだよ、パトリック。まゆを作りおえたら、ガになれるものと思って」

するとパトリックは、両手をばたばたふりまわした。まるで、自分が飛べないことをわすれたダチョウみたい。

「かんべんしてくれよ。カイコはなにも考えたりなんかしないよ！　虫なんだから！」

「どうしてカイコがなにも考えないって、わかるのよ？」

わたしがくってかかると、パトリックは声をはりあげた。

「ジュールズ！　カイコは、絶滅危惧種《ぜつめつきぐしゅ》でもなんでもないんだよ。人間はずうっとむかしから絹《きぬ》糸《いと》をとってきたし、そのためにずっとカイコを殺してきた。でもだれも気にしないし、カイコだって平気なんだ。世界にはまだ何億匹《なんおくひき》もカイコがいるんだから！　ジュリアの考えは――ばかげてるよ！」

ばかげてる？　ばかげてるって？

わたしは、ついに怒《いか》りを爆発《ばくはつ》させた。

「なんでもかんでもわたしのせいにしないでよ！　パトリックだって、カイコがこわいくせに。どうせ、早くカイコを殺したくてたまらないんでしょ。だからこの自由研究をえらんだんじゃないの？　なにも知らないかわいそうなカイコたちを、まとめてやっつけるつもりで。それに、わたしはもともと、こんな研究やりたくなかったんですからね！」

「ぼくはそんな……えっ？」パトリックは、顔をしかめた。「やりたくなかったって、どういうこと？　ぼくはてっきり……」

「それは早とちりなの！　わたしははじめからいやだったんだよ。だけどパトリックが、あんまり……あんまり入れこんでるから、やめようといってもむだだと思って、それで調子をあわせて、お金もはらって……。そしたらパトリックはイモムシ恐怖症《きょうふしょう》だっていうし、けっきょくカイコをほんとうにかわいがってるのは、わたしだけなんだよ！」

パトリックが、わけがわからないという顔で、あぜんとしているから、きっとわたしのいってることは支離滅裂《しりめつれつ》なんだろう。

でも、おちついて、順序《じゅんじょ》よく話すことなんて、とてもできない。今にも泣いてしまいそうで、どなっていればとりあえず泣かずにすみそうだから、どなりつづけるしかなかった。

「もう、なにもかもめちゃくちゃ！　こんなのひどいよ。わたしのせいじゃないからね！」

わたしはパトリックに背《せ》をむけると、だだっと階段《かいだん》をあがって自分の部屋にかけこんだ。でもドアはしめずにおいた。パトリックが帰るのをたしかめたかったから。

玄関《げんかん》のドアがしまる音がきこえた。

パトリックは、夕飯のあと宿題をしにくることもなかった。そのかわり、メールを七通も送ってきた。信じられない。きょうだいがたくさんいるから、家のパソコンをひと晩《ばん》に一度使うだけでもたいへんなのに。

差出人：Patrick345@ezmail.com
宛先《あてさき》：Songgirl@ezmail.com
日時：5月27日18時43分
件名《けんめい》：楽農《らくのう》クラブの自由研究のこと

カイコを殺すためにぼくがこのテーマをえらんだなんて、ひどすぎる。恐怖症《きょうふしょう》があるからって、殺人鬼《さつじんき》になるわけじゃないんだよ。そんなばかげた話、きいたこともない。

差出人：Patrick345@ezmail.com
宛先《あてさき》：Songgirl@ezmail.com
日時：5月27日18時54分
件名《けんめい》：楽農《らくのう》クラブの自由研究のこと（追加）

カイコはペットとはちがうんだよ、ジュリア。名前だってつけなかったじゃないか。それに、虫にはいたみを感じる神経《しんけい》がない。これっぽっちもいたみを感じないんだ。うそじゃないからね!!!

差出人：Patrick345@ezmail.com
宛先《あてさき》：Songgirl@ezmail.com
日時：5月27日19時9分
件名《けんめい》：カイコ

カイコは、まゆにこもっているときは、ねむってる。
意識《いしき》すらない。

差出人：Patrick345@ezmail.com
宛先《あてさき》：Songgirl@ezmail.com
日時：5月27日19時11分
件名《けんめい》：虫

そもそも虫に意識《いしき》があるかどうかってことは、学者にもわかっていない。ただ、人間とちがうってことははっきりしてる。だから「下等生物」って呼《よ》ばれてるんだ！

差出人：Patrick345@ezmail.com

宛先《あてさき》：Songgirl@ezmail.com
日時：5月27日19時38分
件名《けんめい》：返信してよ！

ジュリアだって、カはしょっちゅうやっつけるよね？　カのことをいちいち心配したりはしないでしょ？　どうちがうわけ⁇

差出人：Patrick345@ezmail.com
宛先《あてさき》：Songgirl@ezmail.com
日時：5月27日20時23分
件名《けんめい》：返信して！

ぼくのメール、無視《むし》する気⁇？

差出人：Patrick345@ezmail.com
宛先《あてさき》：Songgirl@ezmail.com
日時：5月27日21時6分
件名《けんめい》：どういうこと？

ジュリアがぼくを無視《むし》するなんて、信じられない。これは、ぼくの研究でもあるんだよ。ぼくは州の品評会《ひんぴょうかい》に出たいんだ！

わたしは、パトリックを完全に無視《むし》した。こんなことは、はじめてだ。よくないと思うけど、それよりなにより、腹《はら》が立っていた。だってパトリックは、カイコのことなんかどうでもいいと思っているから。手にのせるどころか、まともに見ることもできないし。カイコが生きていようが死んでいようが、関係ないんだ。

あと、みとめたくないけど、わたしは自分にも腹《はら》を立てていた。パトリックが本をかしてくれたときすぐに読んでいれば、さいごになにがおこるかも、わかっていたはずだ。もちろんそれでも、カイコを殺すのはつらかっただろうけど、気持ちがちがっていたかもしれない。

カイコを育てているうちに、わたしのなかでは、州の品評会《ひんぴょうかい》で賞をとりたいっていう気持ちが、なんとなくうすれていた。いつごろからだろう？　こうなるまえ——カイコを殺さなきゃならないってわかるまえからだ。たぶん、カイコがはじめて脱皮《だっぴ》して、死んでると思ってぎょっとしたときからじゃないかな。

あのころから、わたしはずっとカイコと、絹糸《きぬいと》と刺繍《ししゅう》のことばかり気にしていた。そして賞のことはあまり考えなくなっていた。

パトリックは今も、品評会《ひんぴょうかい》や賞のことを考えている。わたしは考えていない。これって、どちらかが正しくて、どちらかがまちがってるっていうこと？

だとしたら、正しいのはどっち？

わたしは、パトリックといっしょに登校しなくてもすむよう、早めに家を出た。むこうもわたしをさけていたから、会わないようにするのは、わりとかんたんだ。

でも楽農《らくのう》クラブの集まりでは、会わないわけにいかない。マクスウェル先生は、ひとりひとりと話をして、研究の進みぐあいをきいている。

するとパトリックが先生のところへ行って、さいごにしてください、とたのんだ。そして、わたしたちは、ほかのみんなが帰るまで残っていた。

マクスウェル先生は、わたしたちのようすがおかしいと、すぐに気づいたようだ。パトリックを見て、わたしを見て、またパトリックを見て、「どうしたんだい、ふたりとも？」としずかにきいた。

少しのあいだ、ふたりとも口をひらかなかった。それからパトリックが大きく息を吸《す》うと、ひと息になにもかも説明した。そしてさいごにこういった。

「先生からも、ジュリアにいってほしいんです。先生は牧場をやっていてしょっちゅう家畜《かちく》を殺すけど、だからって、先生が悪い人だということにはならないですよね。そのへんのところをジュリアに説明してもらえませんか？」

マクスウェル先生は、ひざに両ひじをついて身を乗りだした。

「ジュリア、きみの気持ちはよくわかるよ。ぼくも農家で育ったわけではないんだ。だから、自分で育てた生き物をはじめて殺したときのことは、わすれられない。ニワトリだった」先生はにこっとしたけど、目は真剣《しんけん》だった。「血だらけになるし、そこらじゅうどろどろになって、吐《は》きそうだった」

先生はパトリックのほうをちらっと見てから、先をつづけた。

「でもパトリックのいうとおりだ。今では、しじゅう家畜《かちく》を殺している。というより、よそに送って殺してもらっている」先生は、いったん間《ま》を置いてつづけた。「このあいだの農場見学のとき、第一放牧場にいた子羊たちをおぼえているかい？」

わたしとパトリックは、同時にうなずいた。

「あれはもういない。処理場《しょりじょう》に——家畜《かちく》を殺して食肉にする工場に送ったんだ」

わたしは、はっと息をのんだ。あの、ふわふわのかわいい子羊たちが……。

でもわたしは、ラムチョップ、つまり子羊の骨《ほね》つき肉が大好きだ。

マクスウェル先生は両手を広げて、少しだけ肩《かた》をすぼめた。

「昨今は、たいていの人が、すでに加工してスチロールのトレイにのり、きれいにパックしてある肉を買う。それが、もともとは、生きて呼吸《こきゅう》していた家畜《かちく》の肉だということは、あまり考えたくない人が多いだろう」

先生は、わたしたちを見てうなずいた。

「でも、わすれないということが大切だと思っている。そして食べ物に責任《せきにん》を持つこと、生命《せいめい》に敬意《けいい》を持って家畜《かちく》を育てるということが大切なんだ。

だからわたしは、ああいう形で農場を経営《けいえい》しているし、楽農《らくのう》クラブをつづけているのもそのためなんだ。ほんの二、三人でもいいからそういうことを知って、自分で考え、牧畜《ぼくちく》や農業への理《り》解《かい》を深めてくれる子がいるといいなと思ってね」

先生は手をのばして、わたしの肩《かた》をぽんとたたいた。

「ジュリア、大切なカイコのことで気が動転してしまったんだね。気の毒に。でも、ある意味で、ぼくはうれしくもある。わいわいとうかれるようなうれしさじゃないよ。きみが、まゆからとれた絹糸《きぬいと》を心から大切に思うだろうということがうれしいんだ。カイコをかわいそうだと思うからこそ、とれた絹糸《きぬいと》の重みを感じるはずだよ」

わたしは、深呼吸《しんこきゅう》した。

マクスウェル先生の話をきいて、もうちょっとで気が変わるところだった。

カイコを殺すのは、そんなにひどいことじゃないかもしれないと思いかけた。先生が、牧場のニワトリや子羊を殺さなくちゃならないのと同じだ、って。

でも、先生のさいごの言葉にひっかかってしまった。「きみが、まゆからとれた絹糸《きぬいと》を心から大切に思うだろうということがうれしい」と、先生はいった。

先生は、絹糸《きぬいと》をとるものだと決めつけてる。絹糸《きぬいと》のためにカイコを殺すことはしかたがないと、わたしを納得《なっとく》させようとしているんじゃなく、絹糸《きぬいと》をとったあと落ちこまないように、なぐさめようとしているだけなんだ。

パトリックがじっとこちらを見てる。わたしのことはよくわかってるから、きっと考えはお見とおしだろう。

わたしは、できるだけ気持ちが顔に出ないようおさえつけて、やっと口をひらくと、先生にいった。

「ありがとうございます、マクスウェル先生。それから、楽農《らくのう》クラブに参加できて、よかったと思ってます。先生のおっしゃるとおり、わたし、これまで考えもしなかったことについて考えるようになりました」

「それはよかった。ぼくも、きょうはひとつ、世の中のためになることができてよかったよ」

先生は、そういってにこっと笑い、立ちあがって上着を着た。三人でいっしょに外へ出ると、先生は「それじゃ」といって、駐車場《ちゅうしゃじょう》のほうへ歩いていった。

わたしは、ひとりで家にむかって歩きだした。

「ジュールズ」パトリックが呼《よ》びかけてきた。

わたしはそのまま二、三歩歩いたけど、やっぱり立ちどまって、ふりかえった。

パトリックは、その場に立ったまま話している。

「ぼくがなにをいっても、気持ちが変わらないのはわかってる。でも、カイコを育てるのは、さいごまでできるよね。それから、ひとつききたいことがあるんだ。このあいだ、えっと……けんかしたとき、『もともと、こんな研究やりたくなかった』っていったでしょ？　なんで、もっとまえにいってくれなかったの？」

パトリックは、もうわたしを説得するのはやめたんだ。

あまりにもいろんなことが一度におしよせてきて、一瞬《いっしゅん》、頭が真っ白になってしまった。でも、どうにか気持ちを立てなおした。一度にひとつずつ考えないと。

パトリックが、わたしの答えを待っている。なかなおりへの一歩を先にふみだしてくれたんだし、このあいだは、つらかったはずなのに恐怖症《きょうふしょう》のことを正直に話してくれた。

だからわたしも、ほんとうのことを話さなくちゃならない。

「韓国《かんこく》ふうすぎると思ったの」わたしは、やっとの思いでいった。「あまりにも、なんていうか、へんてこな研究みたいな気がして、やりたくなかったの。もっとアメリカらしいのがよかった」

ここから先は、いいにくいところだ。わたしはパトリックの足もとの歩道を見つめた。

「だからしばらくのあいだは、やりたいふりをしながら、やらなくてもすむ方法をさがしてたの。カイコの卵《たまご》を買うとき、母さんにすぐお金を借りなかったのもそのせい。卵《たまご》が買えなければ、この研究はおしまいで、べつのことを考えるしかないって思ったから」

「そ、そうなんだ」パトリックは、ちょっと足をもぞもぞ動かした。

そして、沈黙《ちんもく》。お金のことは、やっぱり話しづらい。

「ごめんなさい」わたしは、消えいるような声でいった。「最初にちゃんと話せばよかった。でも、パトリックがとても――すごく乗り気みたいだったから、やめようって説得するのはむりだと思ったんだ」

またしばらく沈黙《ちんもく》がつづいたあとで、ようやくパトリックがいった。

「そうなんだね。ただ、知りたかっただけだよ」

それから家に着くまで、ふたりともひと言も口をきかなかった。

その晩《ばん》、パソコンを消そうとしたとき、メールがとどいた。パトリックからだ。メッセージはなくて、ウェブ上の記事へのリンクだけがはりつけてある。

それは、スーザン・B《ビー》・アンソニーという女の人についての記事だった。この人のことは、去年、社会科で勉強したので知っている。アメリカで、男女平等のために力をつくしたことで有名だ。女性《じょせい》が参政権《さんせいけん》を得られるように活動したんだ。

でも、なんでそのスーザン・B《ビー》・アンソニーの記事を送ってくるわけ？

よくわからなかったけど、同じ失敗はしたくなかったので、わたしはその記事をはじめから終わりまで読んだ。

それは、ニューヨーク州のどこかにある、彼女《かのじょ》の家にかんする記事だった。今では博物館になっていて、彼女《かのじょ》の人生にまつわる、いろいろな品が展示《てんじ》されているらしい。ずっと読んでいると、こんな文章が出てきた。

展示品《てんじひん》のなかに、黒いシルク地にもようの入った、豪華《ごうか》なドレスがある。ドレスの生地《きじ》は、ユタ州のモルモン教徒の女性《じょせい》たちが、カイコを育ててとった絹糸《きぬいと》で織《お》りあげたもの。アンソニーの八十歳《さい》の誕生日《たんじょうび》にユタ州からおくられ、アンソニーは人にたのんでそれをドレスに仕立ててもらった。アンソニーはドレスについてこう語っている。「この豪華《ごうか》な織物《おりもの》を見たとき、わたしのよろこびは何倍にもふくらみました。というのも、この生地《きじ》は、男性《だんせい》と同じ参政権《さんせいけん》を手にした女性《じょせい》たちによって織《お》りあげられたものだったからです。ユタ州で桑《くわ》の木が育ち、その葉を食べたカイコがまゆを作り、そのまゆからユタ州の女性《じょせい》たちが糸を巻《ま》きとって、つむいで、染《そ》めて、この生地を織《お》りあげました。そのことがこの織物《おりもの》の価値《かち》を何倍にも高めているのです」

さいごの一文をわたしに読んでほしくて、パトリックはこの記事を送ってきたんだ。

わたしは、いすにもたれた。

スーザン・B《ビー》・アンソニーは、これ以上ないくらい、アメリカ的な女性《じょせい》だもの。

そのとき急に、家に帰ってからパトリックがどうしていたかが、頭にうかんだ。

きっと、夕方から夜にかけて、ずっとネットをさがして、この記事を見つけたんだろう。それだけ長いあいだパソコンを占領《せんりょう》するには、姉さんたちや弟たちと、相当戦わなくちゃならなかったはずだ。すごくだいじなことだからといって、みんなを説得したんじゃないかな。

でもパトリックは、カイコを殺して糸をとるために、わたしを説得しようと思ってこの記事を送ってきたわけじゃない。もう説得する気はないといっていたし、わたしはその言葉を信じる。

パトリックはただ、カイコの研究が韓国《かんこく》ふうすぎると思っていたわたしに、そうじゃないと思えるような材料をさがしてくれただけなんだ。

翌朝《よくあさ》、いっしょに登校するため、わたしは家のまえでパトリックを待った。

15 糸をとる

その日の午後、わたしとパトリックは母さんに話してから、ディクソンさんの家に行き、カイコがまゆを作ったから、もう桑《くわ》の葉はいらないと、伝えることにした。

そのまえにまず、ガソリンスタンドに寄《よ》った。モナさんにあいさつして、桑《くわ》の葉さがしを手伝ってもらったお礼をいい、ディクソンさんから庭の桑《くわ》の葉をもらったという話をした。それから、ディクソンさんへのお礼として、グリーンミントのタブレットの細長い包みを三本買った。

お金をはらったのはわたしだけど、プレゼントを思いついたのはパトリックだ。とてもいい思いつきだと思う。

ディクソンさんは玄関先《げんかんさき》に出てきて「やあ、いらっしゃい」といってむかえてくれた。わたしたちは、カイコの飼育《しいく》がもうすぐ終わると伝えた。

「おお、それで、飼育《しいく》はうまくいったのかな?」ディクソンさんがきいた。

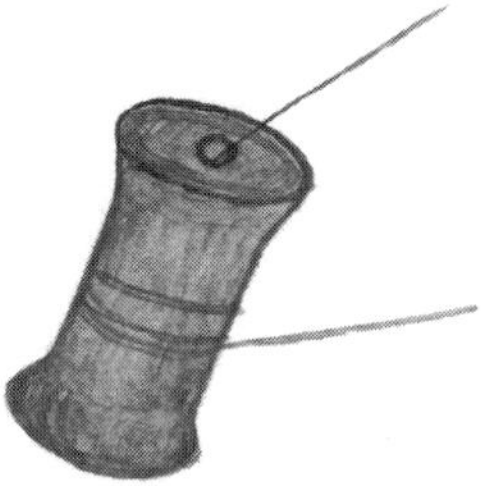

ふたりとも、ちょっと言葉につまったけど、パトリックが答えてくれた。

「はい、うまくいったといえると思います。すごくいろいろなことが、わかりました」

ディクソンさんはうなずいた。

「それはよかった。うちの葉っぱが役に立ってうれしいよ。ふたりとも、また来てくれるかい？ たまには顔を見せてくれるとうれしいんだが」

ディクソンさんがいうと、パトリックがいった。

「もちろんです、ディクソンさん。ビデオが完成したら、見てくれますか」

「おお、それは楽しみだ」ディクソンさんは、そういってから、ウィンクした。「うちの桑《くわ》の木も有名になるかもな？」

わたしたちは、いっしょになって笑った。

パトリックとわたしがディクソンさんにミントをプレゼントすると、ディクソンさんはまた笑って、ありがとうといい、おもしろい話をしてくれた。バスルームのドアをしめて電気を消してから、鏡のまえでミントのタブレットをガリッとかじると、口のなかで火花が飛ぶのが見えるんだって。そういえば、ずっとまえにどこかでこの話をきいたことがあるけど、わすれてた。こんど、ミントを買って、ケニーに見せてやろう。きっと目を丸くしてよろこぶと思う。

ケニーにじゃまされたくないとき、「しずかにしていればミントをあげる」なんていったら、ききめがあるかもしれない。

ディクソンさんの家を出ると、パトリックは夕飯を食べに帰った。わたしは裏《うら》のポーチに出て、水そうのふたをあけ、卵《たまご》パックをひとつとりだして、ふたのすきまからなかをのぞいてみた。

まゆはもう完成していた。その卵《たまご》パックにはまゆが九つ入っていて、どれもきれいな卵形《たまごがた》をしている。けれど、ニワトリの卵《たまご》よりずっと小さい。

まゆのひとつにそっとさわってみた。さらりとしている。なかには小さなさなぎが入っているはずだ。カイコが口から吐《は》きだしたものが、こんなにしっかりした美しいものに変わるなんて奇《き》跡《せき》みたい。

そこへケニーがやってきて、となりに立った。

「箱のなか、見てもいい？」

わたしはふたのすきまをもう少し広げてやった。

「わあ、すごい」ケニーは、ささやいた。

それから、まじめな顔でわたしを見ていった。

「パトリックがいってたよ。糸をとるためには、カイコを殺さなきゃいけないって。でも、お姉ちゃんはいやがってるって」

わたしはふたをしめた。ケニーが先をつづける。

「ガになってまゆから出てくるところ、見てみたいな。きっとすごいよね」

なんと、パトリックもマクスウェル先生もいわなかった「ガが見たい」ってセリフを、まさかケニーの口からきくなんて。

「ねえ、お姉ちゃん、糸をとるとしたら、ぜんぶ殺さなきゃだめなの？　いくつかえらんで糸をとって、あとはそのままガにすれば？」

わたしもその方法は考えた。でも、それにしたって、カイコを何匹《なんびき》かは殺さなくちゃならない。それに、どうやってえらべばいいの？　生かすか殺すかを決めるなんて、神さまのまねをしているみたいだ。

きっと、マクスウェル先生も、そういう経験《けいけん》をしているんだろうな。牧場にはおとなの羊もいた。っていうことは、ぜんぶの子羊を処理場《しょりじょう》に送っているわけじゃないはず。何頭かは、そのまま大きくなるのだ。どうやってえらんでいるんだろう？

そのとき、ケニーがまたいった。

「ねえ、お姉ちゃん、そんなにたくさん殺さなくてもいいんじゃない？　糸って、どれくらいいるの？　まゆ一個《こ》でもたくさんとれるかもよ」

どうなんだろう。調べてみないとわからない。また頭がぐる、ぐるんと動きはじめた。

ケニーのいうとおりだったらどうする？

まゆ一個《こ》で十分だとしたら？

一匹《ぴき》殺すだけでいいとしたら？

でも、どうやってえらぶの？

まずは本を読んで、たしかめてみなくちゃ。

わたしは自分の部屋をあちこちひっかきまわして、パトリックが置いていった本を見つけた。パトリックがこの本を持ってきたのは、ずうっとまえ。図書館で、二度も貸《か》し出《だ》し期間を延長《えんちょう》してもらったといっていた。

わたしは目次をながめて、答えののっていそうな章をさがし、本のさいごのほうのページをひらいた。

「絹糸《きぬいと》を作るには、五つのまゆからとれる糸をよりあわせます。よりあわせる本数が少ないと、細くて切れやすくなります」

少しまえのページも、さっと読んでみる。わたしがもうひとつ知りたかったことが書いてあった。

「ひとつのまゆからとれる糸は、長いものでは千五百メートルにたっします」

千五百メートル！　びっくり！

一本千五百メートルの糸を五本よりあわせて絹糸《きぬいと》を作る。

千五百メートルもあれば、まゆを刺繍《ししゅう》するには十分だ。

まゆを五つ煮《に》れば、刺繍《ししゅう》するだけの糸がとれるし、ほかの二十一匹《ぴき》のさなぎはガになることができる。そして、パトリックをがっかりさせないですむ。

かんたんな計算だ。累乗《るいじょう》みたいなややこしいのじゃなくて、小学生の算数。きっとケニーだって計算できる。

わたしはその晩《ばん》ずっと、このことについて考えていた。刺繍《ししゅう》をしながらも考えつづけた。

刺繍《ししゅう》は、かなりうまくできるようになってきた。さいきん、いくつかコツをつかんだおかげで、ステッチがきれいになったんだ。

たとえばアウトラインステッチは、できるだけ小さい目で刺《さ》したほうがいい。ぬい目ひとつは、ごま粒《つぶ》ぐらいにしか見えないほどの大きさだ。そういう小さな目で刺《さ》していけば、さいごにはなめらかで美しい線になる。ごま粒《つぶ》みたいなステッチを、ひとつ、またひとつ、またひとつとつづけて、切れ目のないきれいな線にしていくのはとっても楽しい。

この日は、葉っぱひとつを刺繡《ししゅう》するのに、一時間近くもかかった。そして、ていねいに針《はり》を刺《さ》したり、糸のひっぱりぐあいに気をつけたりしながら、かわいいカイコたちのことを考えつづけた。

（まゆを、五つ……）ひと針刺《はりさ》す。

（五つ犠牲《ぎせい》にすれば、あとはみんなガにしてやれるんだ）こんどはつづけて五針《はり》。

（ぜんぶのまゆを煮《に》るのがつらいから、妥協《だきょう》して「五つ」といってるわけじゃない。死んでしまうさなぎにとっては、妥協《だきょう》でもなんでもないもの。生き物の生死は「妥協《だきょう》」とかで決めるようなものじゃない）ふた針刺《はりさ》し、ひとつほどいて、もう一度刺《さ》しなおす。

（ほんとうは、ぜんぶ生かしておいてやりたいよ。でもこの自由研究を、最初に計画したとおりの形でやりおえたいっていう気持ちもある）もう三針《はり》。

（かんぺきな解決策《かいけつさく》があればいいのに……）かんぺきなステッチをふた針《はり》。

でも、かんぺきなんてものはない。

この葉っぱの刺繡《ししゅう》だってそう。すごくきれいにできたけど、かんぺきではない。裏《うら》には玉どめもある。

それにたとえ玉どめがなくても——というより、わたしがもっとじょうずになって、玉どめや、糸のはしをぜんぶかくせるようになったとしても——それはかんぺきっていえる？　そうは思えない。だって玉どめはやっぱりあるんだもの。ただ、かくして見えないようにしているだけだ。もしかすると人生にはあちこちに、そういうかんぺきじゃない部分があるのかもしれない。人の目につかないこと。知らないとさえ気づいていないこと。人がわざと考えないようにしていることだってある。

だからこそ自分が、そういうかんぺきじゃないことについて、考えなくちゃいけないのかもしれない。

翌日《よくじつ》、学校からの帰り道に、わたしは自分が決心したことをパトリックに話した。はじめパトリックは、とてもおどろいたようすだったけど、つぎにものすごくうれしそうな顔をして、それからまじめな顔になった。二秒ぐらいのあいだにくるくると表情《ひょうじょう》が変わった。

「いいの、ジュールズ？」パトリックは心配そうにきいた。「ほんとうに、それでだいじょうぶ？」

わたしはうなずいた。話しあいたくはなかった。また気が変わってしまうかもしれないから。

パトリックはわたしを、天才のなかの天才だ、といった。まゆをやぶってガが出てくる映像《えいぞう》も撮影《さつえい》できるから、わたしたちの研究がもっとよくなるって。そして、こうつけたした。

「刺繍《ししゅう》のほうも、はじめにかいた図案どおりにぬえばいいよね。ガの部分をはぶかずに」

パトリックは、刺繍《ししゅう》の話をするとき、いつも「刺繍《ししゅう》する」じゃなくて、ただ「ぬう」っていう。

わたしは少しむかっとするけど、パトリックには刺繍《ししゅう》もぬいものも同じように見えるんだろう。

いつもは言葉に対してすごくこまかいくせに、へんなの。

それからパトリックは、とても真剣《しんけん》な顔つきになった。

「その、あれは……ぼくがやるよ、ジュールズ。きみは、部屋でもどこでも好きなところに行ってたらいい。べつにそばについていなくてもいいよ」

「ううん。いっしょにやりたい」わたしはいった。

さいごまで責任《せきにん》を持ちたいんだ。それはマクスウェル先生がいったことでもあるし、カイコに対するわたしの気持ちでもある。

「ところで、ぼく、ずっと考えてるんだ。スーザン・B《ビー》・アンソニーのこと」パトリックがいきなりいった。

あのメールのことは、おたがいに話していない。でも、わたしがメールの意味をちゃんとわかって、パトリックに感謝《かんしゃ》してるっていうことは、わかってくれていると思う。

「ピザだよ」パトリックはいった。

ピザ？　パトリックったら、気持ちが通じあったと思った瞬間《しゅんかん》に、またわけのわからないことをいいだした……。

パトリックは、わたしがなにかいうのを待っていたみたいだけど、だまっていたので、先をつづけた。

「ピザって、すごくアメリカっぽい食べ物だと思うじゃない？　でも、もともとはイタリア料理なんだよ。今ではみんなアメリカのものだと思ってるだろうけど」

「だから？」わたしは、まだパトリックのいいたいことがわからない。

「スーザン・B《ビー》・アンソニーのドレスのこともあるし、ぼくたちは楽農《らくのう》クラブでこの自由研究をやってるし、ひょっとしたら将来《しょうらい》、自家製《じかせい》の絹糸《きぬいと》を作るのが、すごくアメリカっぽいことになるときが来るかもしれない」

パトリックったら。ほんとうに、とっぴょうしもないことを考えるんだから。わたしは思わず笑って、いった。

「どうかなあ。もちろん、これからなにがおこるかなんてわからないけど」

「ジュールズ、まじめな話、きみんちに韓国《かんこく》のものがいろいろあるのは、すごくすてきだとまえから思ってるんだ。うちの家族とはちがってさ。うちなんか、なにも変わったところのない、ただのアメリカ人一家だもんね」

そういわれて、わたしは少し考えた。

「そんなことないよ。パトリックの家族だって、どこかべつの国から来たはずでしょ。遠いむかしだろうけどね。みんな、どこかほかのところから来てるんだよ。ネイティブアメリカンだって、アジアから来たって教わったじゃない？」社会科の時間に勉強したことだ。

するとパトリックは、首をかしげ、ちょっと顔をしかめながらいった。

「そうなのかなあ……。あ、でも、おばあちゃんのおばあちゃんはアイルランド出身だってきいたことがある。ほかにもあちこちの血がまじってると思うよ。イギリス、フランス、あと、たしかドイツも」それから少し明るい顔でいった。「そういう研究もいいかもね。自分の家系図《かけいず》を作るんだ。桑《くわ》の木をさがしあてるより、むずかしいかもしれないな」

パトリックは、にやっと笑った。

うちに帰ると、パトリックは一枚《まい》の紙を小さくちぎって、そこに一から二十六までの番号をふった。そのあいだにわたしは、卵《たまご》パックのふたをあけた。ふたをくっつけているカイコの糸を切るのに、はさみを使わなくちゃならなかったけど、そんなにたいへんじゃなかった。

パトリックは番号を書いた紙を、まゆの上にひとつずつ、ばらばらに置いていった。わたしは、置くところを見ないようにした。

「準備《じゅんび》オーケーだよ、ジュールズ」パトリックがいった。

これからわたしが五つの番号をえらぶ。どのまゆを煮《に》るか決めるのに、ふたりで相談したやりかただ。これも、パトリックのアイディアだった。

水そうに背《せ》をむけて立っていたわたしは、やっぱりばらばらに、なにも考えず、ものすごい早口で番号を五ついった。

「十二、十七、四、九、二十三」

「ちょっと待って、さいごのふたつはなんだった？　早口すぎるよ」

わたしは奥歯《おくば》をぎゅっとかみしめた。

「九と二十三」

ふりかえると、おわんのように丸めたパトリックの両手のなかに、まゆが五つ入っていた。

母さんがなべを用意した。わたしが水を入れてコンロにのせる。となりにパトリックが立っていて、まゆをひとつずつ手わたしてくれる。

わたしは手をおわんのように丸めて、まゆを受けとりながら考えた。これはあの、しまもようが太い子かな？　それとも体の大きかった子かな？

そして、心のなかでさよならをいってから、ひとつずつなべに入れた。

いっしょにいるのがパトリックだけなら、声に出してさよならをいってもよかった。パトリックはだまって見ている。カイコに感謝《かんしゃ》しているんだと思う。だから、パトリックなら、きっとわかってくれるだろう。

　でもいっしょにいる母さんが、わかってくれるとは思えなかった。いちいち「さよなら」なんてまゆに声をかけたら、どうかしちゃったのかと思われそう。

　ついに、そのときが来た。

　カイコは、マクスウェル先生のニワトリとちがって、血みどろのおそろしいことにはならないから、わたしは、運がよかったといっていいと思う。

　水はゆっくりと熱くなっていくから、お湯が煮立《にた》つまでは、あたたかくてお風呂《ふろ》みたいかもしれないし、パトリックが百万回ぐらい教えてくれたように、カイコはなにひとつ感じないはずだ。

　わたしはさいごにもう一度、頭のなかでさよならをいった。それからなべのふたをしめた。

　そして、ガスの火をつけた。


　やることはいろいろあった。わたしは少し頭がぼうっとしていたので、かえってよかった。

　まずは残りのまゆを入れかえて、いらなくなった卵《たまご》パックをひとつすてた。なべは、五分間ぐらぐらと煮立《にた》たせてから火をとめた。

　それから、母さんが木の棒《ぼう》でお湯をかきまぜてみせてくれた。かきまぜているうちにまゆがほぐれだし、からまった糸のかたまりのようになってくる。

棒《ぼう》は、裏庭《うらにわ》の木からとった枝《えだ》で、ごつごつしていて小枝《こえだ》もいくつか飛びだしている。その枝《えだ》に、やがて細い糸が一本ひっかかった。

つぎに、わたしとパトリックもやってみて、ついに、三人で五つのまゆそれぞれの糸口をさがしあてた。

ここからはまた母さんの出番だ。母さんは五本の糸をそっとひっぱりながら、同時によりあわせて一本の糸にしていく。糸が五、六十センチの長さになったところで、そのはしを、わたしに持たせてくれた。

わたしは木製《もくせい》の糸巻《いとま》きを持って、よりあわせた糸をそれに巻《ま》きとっていく。

これが、はてしなくつづいた。まゆからとれる糸の長いことといったら！

わたしたちはかわりばんこに糸をひきだして、よりあわせて、巻《ま》きとり、またひきだして、よりあわせて、巻《ま》きとっていったけど、それでも糸はぜんぜんとぎれない。

わたしはすっかりくたびれて、ケニーにまで少しやらせた。わたしのほうがケニーやパトリックよりも、糸をよりあわせて巻《ま》きとるのが速かったけど、母さんはだれよりもずっと速かった。

ケニーは、すぐにあきてしまった。パトリックが、作業中のわたしを撮影《さつえい》しているあいだ、わたしのうしろにまわって、二度もおかしな顔をしたので、そのたびに撮影《さつえい》が中断《ちゅうだん》した。

わたしは思わずケニーをどなりつけそうになったけど、かわりにいいことを思いついた。

「ケニー、わたし、糸をよるのでいそがしいから、撮影《さつえい》してるあいだ、時計を見て、パトリックに合図を出してくれない？」

そして、ケニーに腕時計《うでどけい》をわたした。ケニーはパトリックのとなりに立って、いつもわたしがやっていたように指でカウントダウンの合図を出し、パトリックはようやくまともなビデオをとることができた。

糸をよりはじめて二時間近くたったころ、少し気分が悪くなってきた。そのうち、だんだんむかむかがひどくなってきたので、とうとう立ちあがった。

「ちょっと休むね」わたしはしずかにいって、パトリックの顔を見た。「さいごはお願い」

「わかった」パトリックもしずかにいった。

わかってくれたんだ。まゆがどんどん小さくなって、まもなく死んださなぎが見えそうなところまで来てる。見たくなかった。弱虫だなと思うけど、できるかぎりがんばったし、さなぎのそんな姿《すがた》を見ると思うだけでがまんできなかった。

わたしは二階の部屋へあがって、ベッドのはしにこしかけた。

ただのカイコ。

でも、わたしのカイコだ。

エサをやって、世話をして、心配して、大きくなるのを見まもった。それなのに、あの五匹《ひき》はもう、ガになることができない。

あのまゆからとれる糸は、わたしにとって、すごく大切なものになるだろう。でも、この気持ち、胃がまひしたような、むかむかするようないやな気持ちが、消えてなくなるものじゃない。

そのとき、ケニーが戸口から顔を出した。

「お姉ちゃん、悲しいの？　泣きそう？」

悲しいに決まってるじゃない。

「ほっといてよ」

わたしは、思いきり冷たい声でいった。

するとケニーは、ちょっとまよったようにだまってから、いった。

「だけど、プレゼントがあるんだ」ケニーは、にぎりこぶしをさしだした。

「なによ？」

どうせくだらないものでしょ、と思った。まだ、ちびなんだから。

ケニーが、ぱっと手をひらいた。

「コネチカット州のコインだよ」

16　終わりははじまりでもある

ケニーが、わたしの手のひらにコインをぽとんと落とした。少し汗《あせ》ばんでいる。

わたしは、コインの裏《うら》にきざまれたオークの木をながめた。やっぱりきれい。枝《えだ》がすごく細くて、まるで絹糸《きぬいと》みたい。ケニーがいった。

「はじめは、あげるつもりじゃなかったんだ。ぼくもお姉ちゃんとパトリックみたいにコインを集めたいから。でも、やっぱりあげる。そのかわり、ぼくがコイン集めをはじめるの、手伝ってくれる？」

こみあげてきたかたまりを飲みこんだら、のどが少しいたかった。わたしはせきばらいした。

「うん、もちろん手伝うよ」わたしは棚《たな》のところへ行って貯金箱をおろした。「今すぐにだってはじめられるよ。ほら、イリノイ州でしょ。あとニューヨーク。両方ともあげる」

コインを二枚《まい》手のひらにのせて、ケニーはにっこりした。

「ねえ、ぼくもコネチカット州のコイン、好きなんだよ」

「木がすてきだから？」

「ううん、お話がおもしろいから。パトリックがお姉ちゃんに話すのをきいてた。もう一回話してよ、ね？」

だから、わたしは話してやった。むかし、今のコネチカット州あたりに定住した人たちが、イギリスの王さまからもらって大切にしていた「勅許状《ちょっきょじょう》」を、つぎの王さまにとりあげられそうになったこと。その会議の場でろうそくがきえて勅許状《ちょっきょじょう》が持ちさられ、オークの木のうろにかくされたこと。その木の絵がコインの裏《うら》にきざまれていること。

「かっこいいなあ」ケニーはいった。

下からパトリックの声がきこえる。

「ああ、おいしい。ありがとうございます、おばさん」

きょうは、キムチを食べたみたいだ。


カイコガが、まゆから出てきた。全身が白くて、目だけ黒い。胴体《どうたい》がでっぷりしているのにはびっくりした。写真では見たことがあったけど、なんとなく、うちのカイコはべつだと思ってた。チョウみたいにほっそりした体じゃなく、ずんぐりしている。でも触角《しょっかく》は、羽毛がこまかくてレースみたいに美しい。刺繍《ししゅう》するときには、うんとこまかいアウトラインステッチを使うつもり。顔も、テディベアみたいでかわいらしい。

パトリックが、カイコガはなにも食べないんだと、あらためて教えてくれた。飛ぶことさえしない。ただ交尾《こうび》して卵《たまご》を生むだけ。たった十日間ぐらいしか生きられない。

十日間？　あれだけの手間をかけて、あんなにいっしょうけんめいまゆを作ったのに、十日じゃもったいない気がする。

でも、もしかすると、カイコの十日間は、人間にとっての七十年とか八十年、つまり一生分の長さにあたるのかもしれない。もしわたしがガだったら、きっと、あれだけ手間をかけてよかったと思うんだろう。

カイコガのうち七匹《ひき》は、体がほかのガの倍の大きさだった。これを見てパトリックがすごくよろこんだ。

「大きいのはメスだよ」

そして水そうのなかに手を入れ、そっと一匹《ぴき》持ちあげると、決まり悪そうな顔でわたしを見た。

「こわくないんだ。昆虫《こんちゅう》は、まるっきりだいじょうぶ」

そこでこんどはパトリックがガを手にのせて、はじめてわたしがビデオをとった。

まもなくガは、交尾《こうび》して卵《たまご》を産みはじめた。何百もの卵《たまご》。ううん、何千個《なんぜんこ》もあるかもしれない。わたしたちが郵便《ゆうびん》で受けとったのと同じような、小さな種みたいな卵《たまご》だ。

この卵《たまご》、どうしよう？　何千匹《なんぜんびき》ものカイコを飼《か》うのはむりだ。だからって、うちのまわりで放したら、桑《くわ》の木にたどりつけずに死んでしまう。ディクソンさんの家につれていけばべつだけど。でも、千匹《せんびき》のカイコがあの小さな桑《くわ》の木にとりついたら、葉っぱを食べつくして、こんどは木が死んでしまう。

そこで、マクスウェル先生が助け船を出してくれた。卵《たまご》をひきとってくれる、養蚕《ようさん》の研究をしている大学を見つけてくれたんだ。

ガは、卵《たまご》パックのくぼみに卵《たまご》を産みつけたので、わたしたちは卵《たまご》パックごとその研究所に郵送《ゆうそう》して、ていねいなお礼の手紙をもらった。その手紙は、パトリックが、自由研究をまとめたファイルにいっしょに入れた。

ファイルには、その手紙とたくさんの写真のほか、卵《たまご》をとりよせたときに同封《どうふう》されていた説明書と、あともうひとつ入れたものがある。ケニーがつけた、何ページにもわたる気温のメモだ。

あのメモを入れようといったのはわたしだけど、あとから、やめておけばよかったと思いそうになった。だってケニーは、自分のメモをファイルに入れてもらったのがうれしくてたまらなくて、一日に百万回ぐらい「見せて」っていうんだもの。そのたびに、ケニーの手がよごれてないかたしかめて、見おわったらちゃんともとにもどすよう、念をおさなくちゃならない。

ガが死ぬと、わたしたちはうちのまえの低木の下に、ガの数だけ小さな穴《あな》をほった。まゆから糸をとりおえたあとに、パトリックが五匹《ひき》のさなぎをうめた場所のとなりだ。

パトリックはひとりで穴《あな》をほってさなぎをうめ、あとからわたしに、場所だけ教えてくれたのだ。すごくやさしいと思う。

パトリックは、ディクソンさんの桑《くわ》の木の下にガの死がいをうめれば、そのうち桑《くわ》の木のこやしになるかもしれないといったけど、わざわざガの死がいを持っていくなんて、やっぱりちょっとヘンだという話になって、やめた。だって、なんて説明すればいいの？「ディクソンさん、すみません、桑《くわ》の木の下にガのお墓《はか》を作ってもいいですか」とか？

わたしたちは、小さな穴《あな》のひとつひとつにガの死がいを入れて、そっと土をかぶせた。少し悲しかったけど、たえられないほどじゃない。だってカイコたちは、やりたかったことをぜんぶやりとげたんだもの。

おかしいかもしれないけど、あの五つのさなぎのおかげで、ほかのカイコがちゃんと生きのびて、交尾《こうび》して、卵《たまご》も産めたんだということを、カイコたちが知ってくれていたらいいなと思う。

もちろん、知っていたはずはないけど。

だから、かわりにわたしが学ぶんだ。

わたしたちの自由研究はすばらしいものになった。パトリックのビデオは、ところどころぶれているだけで、あとはまるでプロがとったみたいだった。パトリックはそれを学校の技術室《ぎじゅつしつ》へ持っていって、技術科《ぎじゅつか》のモラン先生という女の先生に手伝ってもらいながら編集《へんしゅう》した。

わたしは刺繍《ししゅう》のために、すてきなブルーの布地《ぬのじ》を母さんといっしょにえらんだ。けっきょく、はじめにかいたスケッチより、もっとこまかい図案になった。カイコが成長するようすを何段階《なんだんかい》かにわけて、くわしく入れることにしたからだ。

卵《たまご》は、黒い糸を使って、フレンチノットと呼《よ》ばれる玉どめみたいなステッチで表した。

卵《たまご》のとなりには、やっぱり黒い糸を使って、すごく目のこまかいアウトラインステッチで、生まれたばかりのカイコを一匹《びき》刺繍《ししゅう》した。その下には灰色《はいいろ》の糸で、生まれてから一週間のカイコを刺繍《ししゅう》し、そのまた下には、灰色《はいいろ》と緑と黒の糸で、まゆを作りはじめる直前の、大きなカイコを刺《し》繍《しゅう》した。

いろいろな大きさのカイコを刺繍《ししゅう》しながら、わたしは、カイコがそれぞれの大きさになったとき、自分がなにを考えていたか、どんな気持ちだったかを思いかえしていた。

卵《たまご》は、母さんからアイディアをもらってとりよせたものだった。生まれたばかりのカイコは、黒くて小さくてもぞもぞ動くだけだし、なにもできなくて弱々しかった。

その少しまえまでは、わたしはまだ、なんとかしてこの自由研究をやめられないかなと考えていた。カイコが中くらいの大きさになるころは、もうこの研究をつづけようと決心していたけれど、まだそれほどがんばっていなかった。

でも、いちばん大きくなるころには、もう、カイコのことが大好きになっていた。

カイコたちの外側に、わたしは桑《くわ》の葉を二枚《まい》刺繡《ししゅう》した。これは、ディクソンさんへの感謝《かんしゃ》のしるしだ。

まゆの刺繡《ししゅう》は、史上最高のできになった（わたしがかってにそう思ってるだけだけど。でも母さんが、まゆの刺繡《ししゅう》なんか見たことないといっていたから、やっぱり史上初で史上最高なんじゃないかと思う）。

まゆのりんかくはアウトラインステッチ、なかはサテンステッチを百万回ぐらいくりかえして、白くうめた。

わたしたちがとった絹糸《きぬいと》は、少し灰色《はいいろ》がかった白い色をしている。工場でするような処理《しょり》をしていないから「生糸《きいと》」って呼《よ》ぶのだと母さんに教わった。

完全になめらかではなくて、ところどころ繊維《せんい》がちょこっと飛びだしたり、こぶになったりしている。でも、わたしはそこが気に入ってる。いかにも手作りらしくて、いい感じ。手作りのブラウニーを見ただけで、食べるまえからもう、売っているものよりおいしいってわかるのと同じだ。

そしてさいごに、クリーム色の糸でガを刺繍《ししゅう》し、灰色《はいいろ》の糸で触角《しょっかく》を、黒い糸で目をつけた。ガは、終わりでもあるし、はじまりでもある。わたしたちの自由研究にとっては、いちばんさいごだけど、また新しい命がそこからはじまるんだから。

ガが未来を表すとしたら、わたしたちのとりよせた卵《たまご》は、過去《かこ》を表すのかな。

もしかするとわたしたちの研究は、母さんにアイディアをもらったときにはじまったわけじゃないのかも。母さんのおばあちゃんが、韓国《かんこく》でカイコを育てていたところまでさかのぼるのかもしれない。だって、母さんはそのときの経験《けいけん》があったから、カイコの自由研究を思いついたんだもの。

じゃあ、母さんのおばあちゃん、つまりわたしのひいおばあちゃんは、どこでカイコのことを知ったんだろう。そのお母さんやおばあちゃんから？　で、その人は、そもそもどこでカイコのことを知ったの？

ふう。順序《じゅんじょ》よく考えようとしてるのに、脳《のう》みそがぐるぐるまわって、くらくらしてくる……。

ああ、それにしても刺繍《ししゅう》ってほんとうに時間がかかる。六月はじめに学校が終わって、夏休みに入っていてよかった。わたしはまるまる二週間、おきているあいだずっと刺繍《ししゅう》しつづけて、やっとのことで楽農《らくのう》クラブのしめきりに間にあわせることができた。

やっぱり刺《さ》すよりほどくほうが、ずっと多かったような気がする。一度なんか、大きいカイコを半分ぐらいほどかなくちゃならなかった。頭のなかにはこういうふうにしたいという完成図があるんだけど、じっさいの作品を、それに近づけるのはとてもむずかしい。

裏側《うらがわ》は、へんなところに玉どめがあったり、糸がたるんで飛びだしているところがあったりするけど、うまくなるには練習をつづけるしかない。あと何年かしたら、むかしの韓国《かんこく》でやっていたような、表と裏《うら》がまったく同じ刺繍《ししゅう》の作品を作ってコンテストに出そうと、わたしは心にちかった。その刺繍《ししゅう》を二枚《まい》のガラスではさんで展示《てんじ》して、表も裏《うら》も見えるようにしたら、きっと審《しん》査員《さいいん》もびっくりするだろう。

でも、ほんとうのことをいうと、自分の刺繍《ししゅう》の裏《うら》がごちゃごちゃしているのも気に入っていた。玉どめが見えていたり、糸がたるんでいるところがあったりするのは、すごくいっしょうけんめいがんばった証拠《しょうこ》のような気がするからだ。

最後にアイロンをかけて額縁《がくぶち》に入れたら、わたしの刺繍《ししゅう》は、とてもすてきに見えた。刺繍《ししゅう》と、ビデオと、ファイルをぜんぶあわせると、わたしたちの自由研究は、すごくりっぱなものになった。

タイトルは「カイコを育てる——養蚕《ようさん》実践レポート——」。メインのタイトルはわたしが、サブタイトルはパトリックが考えた。

楽農《らくのう》クラブのみんなの投票で、「カイコを育てる」は、プレーンフィールド支部《しぶ》代表の自由研究のひとつとして、イリノイ州の品評会《ひんぴょうかい》に出品されることになった。あとのふたつはアビーのパイ（アビーは、ついにさくさくのパイを焼きあげた）と、ケビンが育てているガチョウだ。品評会《ひんぴょうかい》に出ることが決まると、やっぱり賞をとりたいという気持ちが芽生えてきた。まえほどじゃないけど、少しはその気になった。

パトリックはすごくうかれていて、品評会《ひんぴょうかい》の当日なんか、スプリングフィールドの会場にむかう車のなかで三時間、ずーっとしゃべりっぱなしだった。

会場に着いてみると、ちょっとした手ちがいがあることがわかった。哺乳《ほにゅう》動物と鳥以外の生き物を育てる研究は、「エコロジー農業」という新しい部門に変更《へんこう》になっていたのだ。変わったばかりで、楽農《らくのう》クラブのパンフレットにも印刷されていなかったから、マクスウェル先生も知らなかった。

だからわたしたちは、畜産《ちくさん》部門をはずれて、エコロジー農業部門に登録しなおさなくちゃならなかった。この部門には、ほかに四件《けん》しか登録されていなくて、そのうちの三件《けん》はミツバチにかんする研究だった。

このエコロジー農業部門で、わたしたちは二等賞をとった。一等賞をとったのは、カーボンデールという町から来た男の子で、池に自分だけの小さな養殖場《ようしょくじょう》を作り、マスを育てて研究にまとめた子だった。三年まえからとりくんでいるという話だったので、パトリックもわたしも、その子が一等賞をもらうのは当然だと納得《なっとく》した。

じつをいうと、賞が発表されて一等賞でないとわかったときには、ふたりとも少しがっかりした。

でも、そのことでふてくされたりするのはいやだったから、わたしはパトリックよりも笑顔になろうとしたし、パトリックのほうも、わたしより笑顔になろうとしていた。つまり、おたがいに助けあって笑顔になれたんだ。

それにマクスウェル先生もいってくれたように、はじめての参加で二等賞をとるなんて、すごいことだ。だからさいごにはふたりとも、すごくいい気分になった。先生とパトリックがとくによろこんだのは、わたしたちがカイコの飼育《しいく》を〈循環型《じゅんかんがた》の農業〉にしようとしたのを、審査員《しんさいん》の人たちがほめてくれたことだ。

表彰式《ひょうしょうしき》でもらった二等賞のリボンは、わたしが持ってかえることにした。赤くて、大きなバラのかざりがついた、とてもすてきなリボンだ。パトリックはりっぱな表彰状《ひょうしょうじょう》を持ってかえった。

家庭科部門の手芸の部では、わたしの「カイコの一生」の刺繍《ししゅう》は、賞をとれなかった。

受賞したのはどれもすごい作品ばかりだ。そのなかで一等賞の青いリボンをもらったのは、アップリケをした布をはぎあわせてキルトを作った女の子だった。アップリケでは、自分の家族の歴史をえがいていて、アフリカから奴隷船《どれいせん》が来た場面からはじまっている。でも審査員《しんさいん》は、わたしが手作りの絹糸《きぬいと》を使ったことにとても感心して、表彰式《ひょうしょうしき》で「創意工夫《そういくふう》がすばらしかった」といってくれた。

ひいおばあちゃんが何十年もまえにやっていたことが「創意工夫《そういくふう》」といってもらえるなんて、なんだかおもしろい。きっとパトリックが、うちに韓国《かんこく》のものがいろいろあるのがすてきだというのも、そういうことなんだろう。

アビーのアップルパイは、「パイ製作・ジュニアの部」で三等賞をもらい、ケビンのガチョウは、畜産《ちくさん》部門で特別賞をもらった。

ぜんぶ終わると、マクスウェル先生が、みんなに三段《だん》がさねのアイスクリームをごちそうしてくれた。さらにみんなでアビーのパイもたいらげた。審査員《しんさいん》の人たちは、ひと切れしか食べなかったから、まだ残っていたんだ。そんなわけで、楽農《らくのう》クラブ・プレーンフィールド支部《しぶ》にとっては、とてもいい一日になった。

死んでしまった五匹《ひき》のさなぎのことを考えると、今でも少し悲しくなる。

悲しい気持ちが強くなると、わたしは刺繍《ししゅう》した絵を見る。刺繍《ししゅう》を入れた額《がく》は、父さんがわたしのもらった赤いリボンをすみにつけて、居間《いま》にかざってくれた。

これからは、そのまゆの刺繍《ししゅう》をときどき見て、生糸をとらせてくれてありがとうと、心のなかで感謝《かんしゃ》しよう。

そうすれば、きっと気分が少しましになる。

パトリックは、もう、つぎの自由研究のテーマを考えている。白菜を育てて、自家製《じかせい》のキムチを作りたいんだって。

でも、わたしはまだ、うんといっていない。もう少しじっくり考えたい。わたしがやりたいのは、生き物を殺さずにすんで、ひどいにおいもしない研究だから。

それから、わたしは母さんにもう一度お願いして、マクスウェル先生の農場でとれた卵《たまご》を買ってもらうことにした。週にひとパックだ。

パトリックは、わたしより少し長い時間をかけてがんばらなくちゃならなかったけど、やっぱりお母さんにお願いして、マクスウェル先生の卵《たまご》を買ってもらうことになった。パトリックのところは家族が多いから、週にふたパック。マクスウェル先生が、週に三パックなら値引《ねび》きできるといってくれたおかげで、母さんたちは「うん」といってくれたのだ。

ケニーは、わたしが二十五セントコインのコレクションを手伝いだしてから、わたしのいうことを、よくきくようになった。

わたしとパトリックが持っているのと同じファイルを母さんに買ってもらって、自分で表紙に名前を書いていたので、わたしは、コインをいつどこで見つけたか、書きとめるやりかたを教えてあげた。コインの裏側《うらがわ》のデザインのもとになった物語も、ひとつずつ話してきかせた。話を思いだせないときにはネットで調べて、読みあげてやる。

ケニーがうるさくていたずらばかりするときは、「今すぐやめないと、マサチューセッツ州のコインを見つけるの、手伝ってあげないよ」っておどかしたりもするけど、そんなふうにいわなきゃいけない日は、だいぶへってきた。ケニーもちょっとずつ大きくなっているのかもしれない。

母さんは、ときどきディクソンさんの家に行ってもいいといってくれるようになったけれど、あいかわらずあまりよろこんではいないみたいだ。

品評会《ひんぴょうかい》が終わってからはじめて行ったとき、わたしたちはビデオを持っていって、ディクソンさんといっしょに見た。もちろん何度も見たものだったけど、ディクソンさんといっしょに見るのも楽しかった。

ディクソンさんはとても感心してくれたし、わたしも、やっぱりおもしろいと思った。カイコを育てているあいだの、ひとつひとつの小さな場面——はじめの、ほとんどからっぽの水そうから、さいごにわたしが刺繍《ししゅう》をかかげているところまで——が、ぜんぶ一本のビデオにおさまっているんだもの。

ビデオが終わったとき、わたしとパトリックは顔を見あわせてにんまりせずにいられなかった。ディクソンさんの家には、保護施設《ほごしせつ》からひきとってきた犬がいる。毛がくしゃくしゃした、コズモっていう名前の人なつこい雑種犬《ざっしゅけん》で、ディクソンさんが孫に会いによその州まで出かけるときには、わたしたちがコズモのめんどうを見る。

このあいだは、ディクソンさんが、おみやげに、とれたての桑《くわ》の実をくれた。見た目は、こいむらさき色の細長いブラックベリーみたいだし、味も少しブラックベリーににているけど、あのめんどうくさい種がない。べつの日には、桑《くわ》の実アイスクリームを作ってくれた。ディクソンさんのいうとおり、ほんとうに世界一おいしいアイスクリームだった。

わたしは母さんにたのんで、韓国《かんこく》料理のレシピをいくつか紙に書いてもらって、それをディクソンさんにあげた。いつか作ってみてくれるといいなと思う。そうすればディクソンさんも、韓《かん》国《こく》料理と中華《ちゅうか》料理がちがうものだってわかるだろうから。

母さんは、ディクソンさんの家に遊びにいってもいいといってくれるんだから、やっぱり人種差別主義者《しゅぎしゃ》じゃないのかもしれないけれど、ほんとうのところはわからない。

でも、少なくとも、わからないということはわかっている。

たとえ母さんに差別する気持ちがあったとしても、少しずつ変わりはじめているような気もする。桑《くわ》の実はすごくおいしいといっていた。子どものころ韓国《かんこく》で食べたのを思いだすって。

そのうち、ディクソンさんをうちに呼《よ》んで、晩ごはんをいっしょに食べたいって、母さんにお願いしてみたいけど、今はまだむずかしそうだ。

母さんが、わたしの担任《たんにん》だったロバーツ先生や、ディクソンさんや、むかし韓国《かんこく》にいた黒人兵士たちのことをどう思っているのか、とか、母さんが子どもだったとき、まわりにほとんど黒人がいなかった、というようなことは、どれもこまかいことだ。

もっと全体的な考えを知りたいけど、それがどんなものなのかは、まだわからない。

でも、こうなったらいいなという絵は、少しは頭にうかんでいる。その絵に少しでも近づくためにできることは、小さいけれどいくつかある。

だからわたしは、ディクソンさんの家に行くとき、ケニーをつれていくようになった。

毎回じゃなくて、たまに、ケニーが大ばかものじゃないときだけね。

あとがき

これは、カイコを飼《か》うことでさまざまなことを知っていく、ふたりの中学生、ジュリアとパトリックの物語です。

この物語を書くにあたって、わたしは家族にずいぶん助けてもらいました。両親と義理《ぎり》の妹のメラニー、甥《おい》のクレイグは、わたしがネットで購入《こうにゅう》したカイコの卵《たまご》を、わたしのかわりに飼育《しいく》してくれました。父は、カイコの飼育日記《しいく》をつけてくれましたし、母は父を手伝って、まゆからとった糸をよりあわせ、生糸を作ってくれました。メラニーは、カイコのエサを用意するのに奮闘《ふんとう》し、クレイグは、カイコの写真をたくさんとってくれました、

わたしが自分でカイコを育てずに家族にたのんだのは、じつはパトリックと同じように、「イモムシ恐怖症《きょうふしょう》」だからなのです。でも、この物語を書きあげて、カイコやイモムシのことが、まえよりちょっとだけ好きになりました。

ネットをつうじて、あるいはじっさいに顔をあわせて、この作品の形式や構成《こうせい》について相談にのってくれた作家や画家のみなさんに感謝《かんしゃ》します。作家のマーシャ・ヘイルズとヴィヴィアン・ヴァンデ＝ヴェルデは、書きおえて間もないはじめの原稿《げんこう》を読んで、アドバイスと激励《げきれい》をくれました。米国版《べいこくばん》のデザインについてアドバイスをくれた絵本作家のデイヴィッド・ウィーズナーにも、心から感謝《かんしゃ》しています。

この物語のなかでは何冊《なんさつ》か、実在《じつざい》の本にふれています。興味《きょうみ》のある人は、図書館などで読んでみてください（★印は、この物語のなかで、それぞれの本が登場するページです）。

・キンバリー・ウィリス・ホルト著《ちょ》／河野万里子《こうのまりこ》訳《やく》『ザッカリー・ビーヴァーが町に来た日』白水社、二〇〇三年（Holt, Kimberly Willis. *When Zachary Beaver Came To Town.* New York: Henry Holt & Company, 1999.）★三十三ページ

・スコット・オデル作／藤原英司《ふじわらえいじ》訳《やく》『青いイルカの島』理論《りろん》社、二〇〇四（一九六六）年（O'Dell, Scott. *Island of the Blue Dolphins.* Boston: Houghton Mifflin Company, 1990.）★一〇〇ページ

・Johnson, Sylvia A. *Silkworms.* Minneapolis: Lerner Publications, 1982.（未訳《みやく》）★一〇五ペー

ジ

・Candale, C.H.C. *Cocoon Silk: A Manual for Those Employed in the Silk Industry and for Textile Students.* Maurois Press, 2011(London: Sir I. Pitman & Sons, Ltd., 1937).（未訳《みやく》）★一〇五ページ

・Enright, Elizabeth. *Then There Were Five.* New York: Puffin Books, 1997(New York: Farrar & Rinehart, 1944).（未訳《みやく》）※編集部注《へんしゅうぶちゅう》：エリザベス・エンライト作／谷口由美子訳《やく》『土曜日はお楽しみ』（岩波少年文庫、二〇一〇年）の続編《ぞくへん》 ★一三一～一三三ページ

なお、二一九、二二〇ページの、まゆからとれる糸についての引用は、シルヴィア・ジョンソンの本からとったものではなく、調べたことにもとづいてわたしが書いたものです。

物語のなかで、マクスウェル先生が営《いとな》んでいる農場は、ヴァージニア州北部でジョエル・サラティンが経営《けいえい》している〈ポリフェイス・ファーム〉という農場をモデルにしています。この農場のことは、『グルメ』誌《し》二〇〇二年九月号に掲載《けいさい》されたマイケル・ポランの記事で読み、興味《きょうみ》をもって調べました。

わたしもわたしの両親も、アメリカ合衆国《がっしゅうこく》でくらす韓国系《かんこくけい》のアメリカ人です。わたしたちは、さまざまな人種はみな平等だと信じています。そういう家庭で子ども時代をすごすことができたのは、たいへん幸福なことでした。

とはいえわたしは、子どものころも、またおとなになってからも、ジュリアがディクソンさんをたずねることにいい顔をしなかったジュリアの母さんのように、アジア系《けい》住民と黒人がたがいに差別しあう場面を、いくども見てきました。なかでもいちばん胸《むね》がいたんだのは、一九九〇年に、ニューヨークとロサンジェルスで黒人とアジア系《けい》住民とのあいだにおこった暴動《ぼうどう》のニュースに接《せっ》したときです。

それでもわたしは人々が、なにがおこっているかをよく理解《りかい》し、話しあいを重ねることで、溝《みぞ》をうめるための第一歩をふみだすことができると信じています、この本が、そういう小さな一歩につながることを、心から願っています。

リンダ・スー・パーク

訳者《やくしゃ》あとがき

みなさんはカイコを飼《か》ったことがありますか？　カイコはカイコガの幼虫《ようちゅう》で、卵《たまご》からかえって四週間ほどすると、まゆを作ります。そのまゆから絹糸《きぬいと》がとれるのです。カイコを飼育《しいく》して絹《きぬ》をとる、いわゆる養蚕《ようさん》・製糸業《せいしぎょう》は、古代に中国から韓国《かんこく》や日本へ伝えられましたが、日本や韓国《かんこく》では、十九世紀後半から二十世紀の前半、つまり日本の幕末《ばくまつ》から第二次世界大戦前にあたる時代に、とりわけさかんになりました。戦後はだいぶ規模《きぼ》が小さくなりましたが、群馬県《ぐんまけん》などいくつかの地域《ちいき》では、今でも絹《きぬ》が特産品になっています。

本書の主人公である、韓国系《かんこくけい》アメリカ人で七年生のジュリアと親友のパトリックは、〈楽農クラブ〉というサークルの活動のために、カイコを飼《か》うことになりました。ふたりは自分たちで卵《たまご》をとりよせ、育てかたを調べて、飼育《しいく》にとりかかります。その過程《かてい》でさまざまな人と出会い、今まで考えたことのなかったことを深く考え、ときにはけんかもします。本書はそんなジュリアたちのさわやかな成長物語です。

カイコを飼《か》ってみれば、と提案《ていあん》したのはジュリアのお母さんでした。ジュリアのお父さんとお母さんは、おとなになって韓国《かんこく》からアメリカにわたってきました。お母さんは、子どものころ韓《かん》国《こく》で、カイコを飼《か》ったことがあったのです。

ジュリアは、はじめからカイコの飼育《しいく》に乗り気だったわけではありません。両親とちがって、ジュリアはアメリカ生まれ。自分ではすっかりアメリカ人だと思っていますが、アジア系《けい》であることで、学校でからかわれたりもします。だからカイコの飼育《しいく》などという「韓国《かんこく》っぽい」研究はやりたくなかったのです。それでも、いざ卵《たまご》がかえってみると、やっぱり生きものを育てるのは楽しくて、ジュリアはパトリックとともに、カイコの世話にはげむようになります。

カイコは桑《くわ》の葉しか食べません。そこで、ジュリアとパトリックは、ディクソンさんという黒人のおじいさんの家に、桑《くわ》の葉をもらいにいくことにしました。ところが、ジュリアのお母さんは、ディクソンさんにあまりいい印象を持っていないようです。以前、ジュリアの学校の担任《たんにん》が黒人の先生だったときも、お母さんはしぶい顔をしていました。ひょっとしたらお母さんは黒人に対して差別的な気持ちを持っているのではないかとジュリアはなやみます。

いっぽうディクソンさんも、意外な行動でジュリアを驚《おどろ》かせます。ジュリアの一家を中国人だと思いこんで、おみやげに中華《ちゅうか》料理用のトウガラシをくれたのです。悪気のないかんちがいではありますが、ジュリアはショックを受けます。でも、そのざわざわする気持ちをしっかり見つめて考えるのがジュリアのりっぱなところ。お母さんの差別意識《いしき》も、ディクソンさんの思いこみも、根っこにあるのは「知らないのに決めつけること」だと、気がつくのです。

作者の「あとがき」にもあるように、リンダ・スー・パークは、一九九〇年代にロサンジェルスなどで黒人とアジア系《けい》住民のあいだにおこった暴動《ぼうどう》に胸《むね》をいためていました。焼《や》き討《う》ちや略《りゃく》奪《だつ》が横行し、非常事態宣言《ひじょうじたいせんげん》まで発令された、当時の混《こん》とんとした状況《じょうきょう》に比《くら》べると、本書でえがかれる差別意識《いしき》やかんちがいは、ごくささやかなものです。けれどジュリアも気づいたように、その根っこには「知らないのに決めつける」という共通点があるのです。

パークは、この物語の舞台《ぶたい》であるイリノイ州で一九六〇年に生まれました。両親は、ジュリアの父さんたちのように、韓国《かんこく》からの移民《いみん》でした。パークは子どものころ、父親につれられて図書館に通い、手あたり次第に本を読みあさりました。大学卒業後は、会社員や、英語教師《きょうし》、ライター業などさまざまな職業《しょくぎょう》を経験《けいけん》しましたが、三十歳《さい》をこえたころ、自分のルーツである韓国《かんこく》のことをもっとよく知りたいと、韓国《かんこく》の歴史にまつわる本や昔話の本を読むようになりました。同時に韓国《かんこく》の歴史上の時代を舞台《ぶたい》にした物語を書きはじめ、一九九七年に『シーソーガール』（未訳《みやく》）で作家デビュー。二〇〇二年には、前年に出版《しゅっぱん》された第三作の『モギ　ちいさな焼きもの師《し》』（片岡《かたおか》しのぶ訳《わけ》、あすなろ書房《しょぼう》）で、米国最高の児童文学賞ニューベリー賞を受賞しました。この本の主人公ジュリアのように、作者も、みずからのルーツを知ろうとすることで、新たな世界とめぐりあったのです。

本書も、韓国系《かんこくけい》アメリカ人の日常《にちじょう》やカイコの飼育《しいく》など、読者のみなさんに、知らない世界への扉《とびら》をきっとひらいてくれることでしょう。でも、ジュリアとパトリックの、けんかしたりなかなおりしたりというやりとりなどは、日本の読者のみなさんにも、覚えのあるものではないでしょうか？　ふたりのさわやかな友情《ゆうじょう》と成長の物語を楽しく読んでいただければ、こんなにうれしいことはありません。

ところで、文中でパトリックが、カイコは、幼虫《ようちゅう》の段階《だんかい》ではオスとメスを見わける方法がない、といっていますが、じっさいにはおなかのちょっとしたもようのちがいで、専門家《せんもんか》には見わけがつくそうですので、補足《ほそく》しておきます。

この本がみなさんにとって、心に残る一冊《さつ》でありますように。

二〇一八年十一月

ないとうふみこ

【訳者】
ないとうふみこ（内藤文子）
上智大学外国語学部卒業。訳書に『ペットのきんぎょがおならをしたら……？』『ワニてんやわんや』『ネズミ父さん大ピンチ！』（以上、徳間書店）、『マリゴールドの願いごと』（小峰書店）、『きみに出会うとき』（東京創元社）、『新訳　思い出のマーニー』（KADOKAWA）などがある。

【画家】
いちかわなつこ（市川菜津子）
絵本や児童書の挿し絵で活躍。自作の絵本に、『リュックのおしごと』など、パン屋さんの犬「リュック」を主人公にしたシリーズ（ポプラ社）、『こぐまのミモのジャムやさん』（あかね書房）、『おつきみピクニック』（ほるぷ出版）、『ゆきがふったら』（イーストプレス）、絵を手がけた絵本に『ちいさなうたえほん　ごはんのうた』（ポプラ社）、『ごびらっふの独白』（ほるぷ出版）、『もみちゃんともみの木』（あかね書房）など。紙芝居の絵に『りんごのき』（教育画劇）、児童文学の挿し絵に『クララ先生、さようなら』『つぐみ通りのトーベ』（以上、徳間書店）、『レイナが島にやってきた！』（理論社）、『ふたりはとっても本がすき！』（小峰書店）などがある。

【ジュリアが糸をつむいだ日】
Project Mulberry
リンダ・スー・パーク作
ないとうふみこ訳　Translation © 2018 Fumiko Naito
いちかわなつこ絵　Illustrations © 2018 Natsuko Ichikawa
256p, 19cm, NDC933

ジュリアが糸をつむいだ日
2018年12月31日　初版発行

訳者：ないとうふみこ
画家：いちかわなつこ
装丁：木下容美子
フォーマット：前田浩志・横濱順美

発行人：平野健一
発行所：株式会社 徳間書店

〒141-8202　東京都品川区上大崎 3-1-1　目黒セントラルスクエア
Tel.（03）5403-4347（児童書編集）（048）451-5960（販売）　振替 00140-0-44392番
印刷：日経印刷株式会社
製本：大口製本印刷株式会社
Published by TOKUMA SHOTEN PUBLISHING CO., LTD., Tokyo, Japan.　Printed in Japan.

徳間書店の子どもの本のホームページ　http://www.tokuma.jp/kodomonohon/

ISBN978-4-19-864748-3